# रंग बिरंग

(महिला उर्दू लेखिकाओं की कुछ लघु कथाएँ)

संकलित :
**फ़रह अंदलीब**

© Taemeer Publications LLC
**Rang Birang** (few Short Stories of Female Urdu writers)
Edited By: Farha Andaleeb
Edition: February '2024
Publisher :
Taemeer Publications LLC (Michigan, USA / Hyderabad, India)

ISBN 978-93-5872-401-1

लेखक या प्रकाशक की पूर्व अनुमति के बिना इस पुस्तक के किसी भी भाग का उपयोग वेबसाइट पर अपलोड करने सहित किसी भी रूप में नहीं किया जा सकता है। साथ ही, इस पुस्तक के संबंध में किसी भी प्रकार के विवाद को सुलझाने का अधिकार क्षेत्र हैदराबाद (तेलंगाना) न्यायालय का होगा।

© ता'मीर पब्लिकेशंस

| | | |
|---|---|---|
| किताब | : | रंग बिरंग |
| संकलित | : | फ़रह अंदलीब |
| रचना-पद्धति | : | फ़िक्शन |
| प्रकाशन वर्ष | : | 2024 |
| पृष्ठ | : | 108 |
| कवर डिज़ाइन | : | ता'मीर वेब डिज़ाइन |

# विषय-सूची

(1) सितारों से आगे      कुर्रतुलऐन हैदर       4
(2) घर तक             मुमताज़ शीरीं         17
(3) अंधी मोहब्बत        हिजाब इम्तियाज़ अली    27
(4) शीला              रशीद जहाँ            73
(5) जवानी             इस्मत चुग़ताई         93

# (1) सितारों से आगे

## क़ुर्रतुलऐन हैदर

करतार सिंह ने ऊंची आवाज़ में एक और गीत गाना शुरू कर दिया। वो बहुत देर से माहिया अलाप रहा था जिसको सुनते सुनते हमीदा करतार सिंह की पंकज जैसी तानों से, उसकी ख़ूबसूरत दाढ़ी से, सारी काइनात से अब इस शिद्दत के साथ बेज़ार हो चुकी थी कि उसे ख़ौफ़ हो चला था कि कहीं वो सचमुच इस ख़्वाह मख़्वाह की नफ़रत-व-बेज़ारी का ऐलान न कर बैठे और कामरेड करतार ऐसा स्वीट है फ़ौरन बुरा मान जाएगा। आज के बीच में अगर वो शामिल न होता तो बाक़ी के साथी तो इस क़दर संजीदगी के मूड में थे कि हमीदा ज़िंदगी से उकता कर ख़ुदकुशी कर जाती। करतार सिंह गुड्डू ग्रामोफोन तक साथ उठा लाया था। मलिका पुखराज का एक रिकार्ड तो कैंप ही में टूट चुका था, लेकिन ख़ैर।

हमीदा अपनी सुर्ख़ किनारे वाली सारी के आंचल को शानों के गिर्द बहुत एहतियात से लपेट कर ज़रा और ऊपर को हो के बैठ गई जैसे कॉमरेड करतार

सिंह के माहिया को बेहद दिलचस्पी से सुन रही है लेकिन न मालूम कैसी उल्टी पलटी उलझी उलझी बे-तुकी बातें उस वक़्त उसके दिमाग़ में घुसी आ रही थीं। वो जाग सोज़-ए-इश्क़ जाग वाला बेचारा रिकार्ड शकुंतला ने तोड़ दिया था।

ओफ्फोह भई। बैलगाड़ी के हिचकोलों से उसके सर में हल्का हल्का दर्द होने लगा और अभी कितने बहुत से काम करने को पड़े थे। पूरे गाँव को हैजे के टीके लगाने को पड़े थे। तौबा! कामरेड सबीहुद्दीन के घूंगरियाले बालों के सर के नीचे रखे हुए दवाओं के बक्स में से निकल के दवाओं की तेज़ बू सीधी उसके दिमाग़ में पहुँच रही थी और उसे मुस्तक़िल तौर पर याद दिलाए जा रही थी कि ज़िंदगी वाक़ई बहुत तल्ख़ और नागवार है एक घिसा हुआ, बेकार और फ़ालतू सा रिकार्ड जिसमें से सूई की ठेस लगते ही वही मद्धम और लरज़ती हुई तानें बुलंद हो जाती थीं जो नग़्मे की लहरों में क़ैद रहते रहते दिखा चुकी थीं। अगर इस रिकार्ड को, जो मुद्दतों से रेडियो ग्राम के निचले ख़ाने में ताज़ा तरीन एलबम के नीचे दबा पड़ा था, ज़ोर से ज़मीन पर पटख़ दिया जाता तो हमीदा ख़ुशी से नाच उठी। कितनी बहुत सी ऐसी

चीज़ें थीं जो वो चाहती थी कि दुनिया में न होतीं तो कैसा मज़ा रहता और उस वक़्त तो ऐसा लगा जैसे सचमुच उसने I dream I dwell in marble halls. वाले घिसे हुए रिकार्ड को फ़र्श पर पटख़ के टुकड़े टुकड़े कर दिया है और झुक कर उसकी किरचें चुनते हुए उसे बहुत ही लुत्फ़ आ रहा है। उन्नाबी मुज़ैक के इस फ़र्श पर, जिस पर एक दफ़ा एक हल्के फुल्के 'Fox tort' में बहते हुए उसने सोचा था कि बस ज़िंदगी सिमट सिमटा के इस चमकीली सतह, उन ज़र्द पर्दों की रुमान आफ़रीन सलवटों और दीवारों में से झाँकती हुई इन मद्धम बर्क़ी रोशनियों के ख़्वाब-आवर धुँन्धलके में समा गई है, ये तपिश अंगेज़ जाज़ यूँ ही बजता रहेगा, अंधेरे कोनों में रखे हुए स्याही माइल सब्ज़ फ़र्न की डालियाँ हवा के हल्के हल्के झोंकों में इस तरह हिचकोले खाती रहेंगी और रेडियोग्राम पर हमेशा पोलका और रम्बा के नए नए रिकार्ड लगते जाएँगे। ये थोड़ा ही मुम्किन है कि जो बातें उसे क़तई पसंद नहीं वो बस होती ही चली जाएँ, रिकार्ड घिसते जाएँ और टूटते जाएँ। लेकिन ये रेकॉर्डों का फ़लसफ़ा किया है आख़िर? हमीदा को हंसी आ गई। उसने जल्दी से करतार सिंह की तरफ़

देखा। कहीं वो ये न समझ ले कि वो उसके गाने पर हंस रही है।

कामरेड करतार गाए जा रहा था। वस वस वे ढोलना उफ़! ये पंजाबी के बा'ज़ अलफ़ाज़ किस क़दर भोंडे होते हैं। हमीदा एक ही तरीक़े से बैठे बैठे देखा के बाँस के सहारे आगे की तरफ़ झुक गई। बहती हुई हवा में उसका सुर्ख़ आंचल फटफटाए जा रहा था।

उसे मालूम था कि उसे चम्पई रंग की सारी बहुत सूट करती है। उसके साथ के सब लड़के कहा करते थे अगर उसकी आँखें ज़रा और सियाह और होंट ज़रा और पतले होते तो एशियाई हुस्न का बेहतरीन नमूना बन जाती। ये लड़के औरतों के हुस्न के कितने कद्र दान होते हैं। यूनीवर्सिटी में हर साल किस क़दर छानबीन और तफ़सीलात के मुकम्मल जायज़े के बाद लड़कियों को ख़िताब दिए जाते थे और जब नोटिस बोर्ड पर साल-ए-नौ के एज़ाज़ात की फ़हरिस्त लगती थी तो लड़कियाँ कैसी बेनियाज़ी और ख़फ़गी का इज़हार करती हुई उसकी तरफ़ नज़र किए बग़ैर कॉरीडोर में से गुज़र जाती थीं। कम्बख़्त सोच सोच के कैसे मुनासिब नाम ईजाद

करते थे। उमर ख़य्याम की रुबाई, दोहरा ऐक्सप्रैस, बाल आफ़ फ़ायर, Its Love I'm after, नुक़ूश-ए-चुग़ताई, ब्लड बंक।

गाड़ी धचके खाती चली जा रही थी। क्या बजा होगा कॉमरेड? गाड़ी के पिछले हिस्से में से मंज़ूर ने जमाई लेकर जितेंद्र से पूछा।

साढे चार। अभी हमें चलते हुए एक घंटा भी नहीं गुज़रा। जितेंद्र अपना चारख़ाना कोट गाड़ीबान के पास पराल पर बिछाए, कुहनी पर सर रखे चुपचाप पड़ा था। शकुंतला भी शायद सोने लगी थी हालाँकि वो बहुत देर से इस कोशिश में मसरूफ़ थी कि बस सितारों को देखती रहे। वो अपने पैर ज़रा और न सिकुड़ती सुकुड़ती लेकिन पास की जगह कॉमरेड करतार ने घेर रखी थी। शकुंतला बार बार ख़ुद को याद दिला रही थी कि उसकी आँखों में इतनी सी भी नींद नहीं घुसनी चाहिए। ज़रा वैसी यानी नामुनासिब सी बात है, लेकिन धान के खेतों और घने बाग़ों के ऊपर से आती हुई हवा में काफ़ी खुनकी आ चली थी और सितारे मद्धम पड़ते जा रहे थे। बस बस वे ढोलना। और अब करतार सिंह का जी बेतहाशा चाह रहा था कि अपना साफा उतार कर एक तरफ़ डाल

दे और हवा में हाथ फैला के एक ऐसी ज़ोरदार अंगड़ाई ले कि उसकी सारी थकन, कोफ़्त और दरमांदगी हमेशा हमेशा के लिए कहीं खो जाए या सिर्फ़ चंद लम्हों के लिए दोबारा वही इंसान बन जाए जो कभी झेलम के सुनहरे पानियों में चांद को हलकोरे खाता देख कर अमरजीत के साथ पंकज की सी तानें उड़ाया करता था। ये लम्हे, जब कि तारों की भीगी भीगी छाओं में बैलगाड़ी कच्ची सड़क पर घिसटती हुई आगे बढ़ती जा रही थी और जब कि सारे साथियों के दिलों में एक बीमार सा एहसास मंडला रहा था कि पार्टी में काम करने का आतिशे जोश-व-ख़रोश कब का बुझ चुका था।

हवा का एक भारी सा झोंका गाड़ी के ऊपर से गुज़र गया और सबीहुद्दीन और जितेंद्र के बाल हवा में लहराने लगे लेकिन करतार सिंह लेडीज़ की मौजूदगी में अपना साफा कैसे उतारता? उसने एक लंबा सांस लेकर दवाओं के बक्स पर सर टेक दिया और सितारों को तकने लगा। एक दफ़ा शकुंतला ने उससे कहा था कि कामरेड तुम अपनी दाढ़ी के बावजूद काफ़ी डैशिंग लगते हो और ये कि अगर तुम एयर फ़ोर्स में चले जाओ तो और भी killing

लगने लगो। उफ़ ये लड़कियाँ!

कामरेड सिगरेट लो। सबीहुद्दीन ने अपना सिगरेटों का डिब्बा मंज़ूर की तरफ़ फेंक दिया। जितेंद्र और मंज़ूर ने माचिस के ऊपर झुक के सिगरेट सुलगाए और फिर अपने अपने ख़यालों में खो गए। सबीहुद्दीन हमेशा अबदुल्लाह और करीवन ए पिया करता था। अब्दुल्लाह अब तो मिलता भी नहीं। सबीहुद्दीन वैसे भी बहुत ही रईसाना ख़्यालात का मालिक था। उसका बाप तो एक बहुत बड़ा तअल्लुक़ादार था। उसका नाम कितना स्मार्ट और ख़ूबसूरत था। सबीहुद्दीन अहमद मख़दूम ज़ादा राजा सबीहुद्दीन अहमद ख़ाँ! ओफ़्फ़ोह! उसके पास दो बड़ी चमकदार मोटरें थीं। एक मोरिस और एक डी.के.डब्ल्यू लेकिन किंग जार्जेज़ से निकलते ही आई.एम. एस. में जाने की बजाए वो पार्टी का एक सरगर्म वर्कर बन गया। हमीदा ऐसे आदमियों को बहुत पसंद करती थी। आईडियल क़िस्म के लेकिन अगर सबीहुद्दीउन अपनी मोरीस के इस्टियरिंग पर एक बाज़ू रख के और झुक के उससे कहता कि हमीदा मुझे तुम्हारी सियाह आँखें बहुत अच्छी लगती हैं, बहुत ही ज़्यादा तो यक़ीनन उसे एक ज़ोरदार थप्पड़ रसीद करती। हो न

हदीज़ एडिटेज़स! साबुन के रंगीन बुलबुले!

करतार सिंह ख़ामोश था। सिगरेट की गर्मी ने मंज़ूर की थकन और अफ़्सुर्दगी ज़रा दूर कर दी थी। हवा में ज़्यादा ठंडक आ चुकी थी।

जितेंद्र ने अपना चारख़ाना कोट कंधों पर डाल लिया और पुरानी पराल में टांगें घुसा दीं। मंज़ूर को खाँसी उठने लगी। कामरेड तुम को इतने ज़्यादा सिगरेट नहीं पीने चाहिएँ। शकुंतला ने हमदर्दी के साथ कहा। मंज़ूर ने अपने मख़्सूस अंदाज़ से ज़बान पर से तंबाकू की पत्ती हटाई और सिगरेट की राख नीचे झटक कर दूर बाजरे की लहराती हुई बालियों के परे उफ़ुक़ की सियाह लकीर को देखने लगा। ये लड़कियाँ! तलअत कैसी फ़िक्रमंदी के साथ कहा करता था। मंज़ूर! तुम्हें सर्दियों में टॉनिक इस्तेमाल करने चाहिएँ। एस्कॉट्स इमल्शन या रेडियो माल्ट या आस्टो माल्ट तलअत, ईरानी बिल्ली! पहली मर्तबा जब बोट क्लब Regatta में मिली थी तो उसने ओह गोश! तो आप जर्नलिस्ट हैं और ऊपर से कम्यूनिस्ट भी। ओफ़्फोह! इस अंदाज़ से कहा था कि हैडी लीमारी भी रश्क करती। फिर मर्मरीं सुतून के पास, पाम के पत्तों के नीचे बैठा देख लिया था और

उसकी तरफ़ आई थी कितनी हमदर्द यक़ीनन। उसने पूछा था,

हैलो चाइल्ड। हाव इज़ लाईफ़?

Ask me another मंज़ूर ने कहा था।

अल्लाह! लेकिन ये तुम सबका आख़िर क्या होगा। फ़िक्र-ए-जहाँ खाए जा रही है। मरे जा रहे हैं। सचमुच तुम्हारे चेहरों पर तो नहूसत टपकने लगी है। कहाँ का प्रोग्राम है? मसूरी चलते हो? पूरलुत्फ़ सीज़न रहेगा अब की दफ़ा। बंगाल? अरे हाँ, बंगाल। तो ठीक है। हाँ मेरी बेहतरीन ख्वाहिशें और दुआएं तुम्हारे साथ हैं। पिक्चर चलोगे। जैन आयर इस क़दर ग़ज़ब की है गोश! फिर वो चली गई। पीछे कॉफ़ी की मशीन का हल्का हल्का शोर उसी तरह जारी रहा और दीवारों की सब्ज़ रोंग़नी सतह पर आने जाने वालों की परछाइएँ रक़्स करती रहीं और फिर कलकत्ते आने से एक रोज़ क़ब्ल मंज़ूर ने सुना कि वो असग़र से कह रही थी, हो न हो मंज़ूर?

सबीहुद्दीन हल्के हल्के गुनगुनाता रहा था। कहो तो सितारों की शम्मएं बुझा दें, सितारों की शम्मएं बुझा दें। यक़ीनन बस कहने की देर है। हमीदा के होंटों पर एक तल्ख़ सी मुस्कुराहट बिखर के रह

गई। दूर दरिया के पोल पर घड़ घड़ाती हुई ट्रेन गुज़र रही थी। उसके साथ साथ रोशनियों का अक्स पानी में नाचता रहा, जैसे एक बिल्लौरी मेज़ पर रखे हुए चांदी के शम्मादान जगमगा उठीं। चांदी के शम्मादान और अंगूरों की बेल से छुपी हुई बालकोनी, आइसक्रीम के प्याले एक दूसरे से टकरा रहे थे और बर्क़ी पंखे तेज़ी से चल रहे थे। प्यानो पर बैठी हुई वो अपने आपको किस तरह तरबियह की हीरोइन समझने पर मजबूर हो गई थी।

Little Sir Echo how do you do Hell hello wont you come over and dance with me.

फिर राफ़े स्टीयरिंग पर एक बाज़ू रख कर राबर्ट टायलर के अंदाज़ से कहता था, हमीदा तुम्हारी ये सियाह आँखें मुझे बहुत पसंद हैं बहुत ही ज़्यादा। ये बहुत ही ज़्यादा हमीदा के लिए क्या न था? और जब वो सीधी सड़क पर पैंतालीस की रफ़्तार से कार छोड़कर वही I dreamed well in marble halls गाना शुरू कर देता तो हमीदा ये सोच कर कितनी ख़ुश होती और कुछ फ़ख़्र महसूस होता कि राफ़े की माँ मोज़ाट की हम-वतन है ऑस्ट्रियन। उसकी नीली

छलकती हुई आँखें, उसके नारंजी बाल... उफ़ अल्लाह! और किसी घने नाशपाती के दरख़्त के साए में कार ठहर जाती और हमीदा जाम का डिब्बा खोलते हुए सोचती कि बस मैं बिस्कुटों में जाम लगाती होंगी। राफ़े उन्हें कुतरता रहेगा। उसकी ब्योक पैंतालीस की रफ़्तार पर चलती जाएगी और ये चिनारों से घिरी हुई सड़क कभी ख़त्म न होगी। लेकिन सितारों की शम्माएं आप से आप बुझ गईं। अंधेरा छा गया और अंधेरे में बैलगाड़ी की लालटेन की बीमार रौशनी टिमटिमा रही थी।

हो लाला ला दूर... किसी खेत के किनारे एक कमज़ोर से किसान ने अपनी पूरी ताक़त से चिड़ियों को डराने के लिए हाँक लगाई। गाड़ी बान अपने मरियल बैलों की दुमें मरोड़ मरोड़ कर उन्हें गालियाँ दे रहा था और मंज़ूर की खाँसी अब तक न रुकी थी...

हमीदा ने ऊपर देखा। शबनम आलूद धुँदलके में छुपे हुए उफ़ुक़ पर हल्की हल्की सफ़ेदी फैलनी शुरू हो गई थी कहीं दूर की मस्जिद में से अज़ान की थर्राई हुई सदा बुलंद हो रही थी। हमीदा संभल कर बैठ गई और ग़ैर इरादी तौर पर आँचल से सर ढक

लिया। जितेंद्र अपने चारख़ाना कोट का तकिया बनाए शायद लैटिन क्वार्टर और सो हो के ख़्वाब देख रहा था। मायरा, डोना मायरा। हमीदा की साड़ी के आँचल की सुर्ख़ धारियाँ उसकी नीम वा आँखों के सामने लहरा रही थीं। ये सुर्ख़ियाँ, ये तपते हुए मुहीब शोले, जिनकी जलती हुई तेज़ रौशनी आँखों में घुस जाती थी और जिनके लरज़ते कपकपाते सायों के पस-ए-मंज़र में गर्म गर्म राख के ढेर रात के उड़ते हुए सन्नाटे में उसके दिल को अपने बोझ से दबाए डाल रहे थे। मायरा, उसके नक़रई क़हक़हे, उसका गिटार, उखड़ी हुई रेल की पटरियाँ और टूटे हुए खंबे। सांता कलाउड का वो छोटा सा रेलवे स्टेशन जिसके ख़ूबसूरत प्लेटफार्म पर एक इतवार को उसने सुर्ख़ और ज़र्द गुलाब के फूल ख़रीदे थे। वो लतीफ़ सा, रंगीन सा सुकून जो उसे मायरा के तारीख़ी बालों के ढेर में उन सुर्ख़ शगूफ़ों को देख के हासिल होता था। वो दिखा के गिटार सब्ज़े पर एक तरफ़ फेंक देती थी और उसे महसूस होता था कि सारी काइनात सुर्ख़ गुलाब और सितारा हाए सहरी की कलियों का एक बड़ा सा ढेर है। लेकिन ताकसतानों में घिरे हुए उस रेलवे स्टेशन के परख़्चे

उड़ गए और तय्यारों की गड़गड़ाहट और तय्यारा शिकन तोपों की गरज में शोबर्ट Rose monde की लहरें और गिटार की रसीली गूंज कहीं बहुत दूर फ़ेड आउट हो गई और हमीदा का आँचल सुब्ह की ठंडी हवा में फटफटाता रहा, उस सुर्ख़ पर्चम की तरह जिसे बुलंद रखने के लिए जद्द-ओ-जहद और कश्मकश करते करते वो दिखा चुका था, उकता चुका था। उसने आँखें बंद कर लीं।

सिगरेट लो भई, सबीहुद्दीन ने मंज़ूर को आवाज़ दी।

अब क्या बज गया होगा? शकुंतला बहुत देर से ज़ेर-ए-लब भैरव का जागो मोहन प्यारे गुनगुना रही थी। हमीदा सड़क की रेखाएं गिन रही थी और करतार सिंह सोच रहा था कि वस वस वे ढ़ोलना फिर से शुरू कर दे।

गाँव अभी बहुत दूर था।

## (2) घर तक
### मुमताज़ शीरीं

लिंगा

स्वामी

हम रास्ता भूल गए हैं। लेकिन मेरा ख़्याल है, हमारा गाँव यहाँ से क़रीब ही है। उधर देखिए स्वामी। सफ़ेद लकीर दिखाई दे रही है ना, वही होगी सड़क। नहीं वो तो पानी बह रहा है। एक छोटा सा नाला।

इधर आ, इस टीले पर चढ़ कर देखें। शायद कुछ पता चले।

हम चढ़ने लगे। लिंगा बड़ी मुश्किल से चल रहा था। पाँव कीचड़ में धँस जाते। मैं उसके पीछे घोड़े पर हो लिया। अंधेरा हो चला था, हल्की-हल्की बूँदा-बाँदी हो रही थी। गर्मी की छुट्टियों में मैं अपने गाँव जा रहा था। बंगलौर से बस में चला। तहसील पहुँच कर वहाँ शेख़ दाद साहब से जिनसे मेरी जान पहचान थी, घोड़ा लिया और उनके नौकर लिंगा को साथ लिए चला था। लिंगा रास्ते से अच्छी तरह

वाक़िफ़ न था, लेकिन में उधर से कई दफ़ा गुज़रा हूँ। जाने कैसे हम उस शाम भटक गए।

लिंगा

जी स्वामी।

सूटकेस का बोझ ज़ियादा तो नहीं मालूम हो रहा?

जी नहीं, बहुत हल्का है। ये देखने में बड़ा मालूम होता है बस। क्या रखा है स्वामी इसमें?

बस, चंद किताबें, दो जोड़े कपड़े, भाई के लिए ज़री की टोपी और जूते, बहन के लिए दो गुड़ियाँ। बस यही।

बंगलौर में आपके दिन रहे स्वामी?

पिछली गर्मियों के बाद अब लौट रहा हूँ। देखा एक साल में ये जगह इतनी बदल गई है। सड़क के दोनों तरफ़ झाड़ियाँ और पौदे भी बदल गए हैं। इसीलिए तो समझ में नहीं आ रहा किस सम्त जा रहे हैं।

हम तीनों, लिंगा, मैं और घोड़ा थक कर चूर हो रहे थे। कुछ देर ख़ामोशी से यूँही चलते रहे। मुझे घर जल्दी पहुँचने की बेताबी थी। मैं माँ से मिलना चाहता था, नन्हे को देखना चाहता था जो टोपी का

इंतिज़ार कर रहा होगा। पिताजी को सुनाना चाहता था कि मैंने इम्तिहान में पर्चे कितने अच्छे किए हैं और भी कितनी सारी बातें थीं जो घर वालों को सुनानी थीं।

हम चढ़ाई पर चढ़ कर चारों तरफ़ देखने लगे लेकिन बे-सूद। रास्ता सुझाई नहीं दे रहा था। सही रास्ता मालूम करने की सूरत नज़र नहीं आ रही थी। घोड़े पर बैठे-बैठे ही मैंने सिगरेट जलाने की कोशिश की। हवा इतनी तेज़ थी, दियासलाई बुझ-बुझ जाती। आख़िर बड़ी मुश्किल से सिगरेट जलाया। सन्नाटा, वीरानी और हवा की साएं-साएं। हमें सारी रात यहीं पड़ा रहना होगा, इस बियाबान में। घोड़ा जैसे मेरी बात समझ गया, इसके कान खड़े हो गए, लिंगा बोला, ज़रा सुनिए सरकार। हमारी दाहिनी जानिब कुत्ते भौंकने की आवाज़ आ रही थी। मैंने कहा, चल उसी तरफ़ चलें, शायद कोई गाँव मिल जाए। पेड़ पौदों को देखते चलें, कुछ न कुछ निशान मिल जाएगा। हम ज़रा दाहिने को मुड़ कर उतरने लगे लेकिन कुत्ते का भौंकना फिर सुनाई न पड़ा। लिंगा यकायक रुक गया।

वो... वो देखिए उधर। मैंने देखा जिधर उसने

इशारा किया था, ओह! वो तो एक पीड़ है। डरपोक कहीं का, उधर आजा। घोड़े के साथ चल, घबरा नहीं, मैं तुझे एक कहानी सुनाउंगा। तुझे पढ़ना लिखना आता है क्या?

कुछ-कुछ आता है स्वामी, अच्छा सुनाइए कहानी।

वहीं एक मेंढ़ पर हम दोनों बैठ गए। मैं लिंगा को कहानी सुनाने लगा। अंग्रेज़ी फ़ौज कावेरी नदी पार करके कैसे आई... खड़ी दोपहर में अंग्रेज़ क़िले पर चढ़ आए और उस पर अपना झंडा चढ़ा दिया... उस वक़्त सुल्तान टीपू, खाने पर बैठे थे। दो निवाले ही ले पाए थे कि अंग्रेज़ों की चढ़ाई की ख़बर सुनी। खाना छोड़ उठ खड़े हुए। घोड़े पर सवार होकर क़िले के पास आए... शाम तक डट कर लड़ते रहे। सात गोलियाँ खाईं फिर भी जान बाक़ी थी। वो लाशों में पड़े थे। एक गोरे ने टीपू का कमरबंद निकालना चाहा। टीपू ने तलवार का वार किया। सिपाही ने गोली चलाई। उस गोली से वो ख़त्म हो गए... फिर कहानी का बक़िया हिस्सा अंग्रेज़ों का सुल्तान के बेटों को क़ैद करना, लालटेन लेकर टीपू की लाश तलाश करना... रात की तारीकी में सुरंगा पट्टम में

लूट मार... हिरासाँ औरतों और बच्चों का रात सड़कों पर गुज़ारना, दूसरी सुबह टीपू के जनाज़े का जुलूस, तज्हीज़-ओ-तक्फ़ीन... और फिर उसके बाद जो कुछ हुआ...

बड़ी दुख भरी कहानी है, स्वामी, सच कितनी दुख भरी है।

हम फिर चल पड़े। पेड़ की तरफ़ देखते हुए लिंगा ने ज़ेर-ए-लब कहा, स्वामी, पेड़ कहीं ऐसा होता है? और घोड़े के नज़दीक आ गया। बात भी ये थी कि वो पेड़ तारीकी में कुछ भयानक सा मालूम हो रहा था। ये सोच कर लड़का डर जाएगा, मैं घोड़े से नीचे उतर पड़ा, उस पेड़ को मैं अच्छी तरह जानता हूँ रे, हमारा गाँव यहाँ से बिल्कुल क़रीब है। उसी पेड़ को देख कर मेरा भाई शामना, डर गया था।

वो इस तरफ़ क्यों आ निकले थे सरकार?

पिछली गर्मियों में जब यहाँ आया था। शामना और मैं शाम में यूँही घूमने निकले। उस वक़्त उसकी उम्र सिर्फ़ आठ साल की थी। वो मुझे एक कहानी सुना रहा था। वही कहानी जो अभी मैंने सुनाई। वो इतने जोश-ओ-ख़रोश में होता कि कहानी सुनाते अपने आपको भूल जाता है। शामना बड़ा

होशियार है। बड़ी अच्छी कहानियाँ सुनाता है। सुरंगा पट्टम की कहानी उसे बहुत पसंद है। वो मुझे तंग क्यों करता है मुझे सुरंगा पट्टम ले चलो। उस दिन भी कहानी सुनते-सुनते रात हो गई और हम रास्ता भूल गए और भटक कर उसी पेड़ के पास पहुँचने। शामना उस पेड़ को देख कर डर गया फिर घर पहुँचते ही उसको बुख़ार चढ़ आया और तीन दिन तक न उतरा।

तब तो यहाँ से गाँव जाने का रास्ता आपको मालूम होगा... यहाँ से गाँव और कितनी दूर है?

यहाँ से गाँव तक कोई सीधी सड़क नहीं। हमें अँधेरे में खोज लगाते जाना होगा। यहाँ से गाँव कोई आध मील होगा। ये हमारे गाँव का शमशान है।

क्या कहा स्वामी?

अरे तौबा, मैंने भूल कर शमशान का ज़िक्र उसके सामने कर दिया। ये चौदह साल का लड़का फिर डर जाए तो...

बस अब गाँव आ ही गया। यहाँ से ज़रा दाहिनी तरफ़ जाना है। ये पेड़ हमारे गाँव के पच्छिम में है। बारिश थम गई थी लेकिन तारीकी बढ़ गई थी। लिंगा पीछे की तरफ़ मुड़-मुड़ कर देखा जा रहा था।

मैं जान गया वो डर गया है। इससे बात करते रहना चाहिए, मैंने सोचा।

लिंगा! उधर देखउस ने उँगली से पीछे की तरफ़ इशारा करते हुए कहा, फूलों से डरता है बुज़दिल, डरपोक कहीं का!

लेकिन वहाँ स्वामी, देखिए उधर... वो इसरार कर रहा था। मैंने पीछे मुड़ कर देखा। मेंढ़ के पास जहाँ बैठ कर मैंने लिंगा को कहानी सुनाई थी, रौशनी नज़र आई और दो शक्लें आमने-सामने बैठी ज़मीन की तरफ़ तक रही थीं। झूट क्यों कहूँ, मुझे भी ज़रा डर लगा।

लिंगा! तुझे क्या दिखाई पड़ता है वहाँ?

देखिए, एक मशाल है और उसके पास...

डर मत, चल पास जाकर देखें।

देखिए उस तरफ़, देखिए। वो बे-हद सहमा हुआ था। रौशनी अब हरकत करती नज़र आई। मैंने लिंगा का हाथ थाम लिया और दूसरे हाथ में घोड़े की लगाम पकड़ ली। मैं धीरे-धीरे मेंढ़ की तरफ़ बढ़ा। जो कुछ नज़र आया था वो हमारा वहम नहीं था। दो सूरतें वाक़ई थीं और वो बात कर रही थीं। इंसानी आवाज़ सुन कर हम में हिम्मत आई और हम पेड़

के पीछे खड़े हो सुनने लगे।

हाय मेरे बच्चे, मेरे लाल, तू प्यास से तड़पता रहा। तेरे लिए दूध लाई हूँ, पी ले... कैसा था मेरा लाल और अब तू सूख कर काँटा हो गया था... हम सबको छोड़ कर कहाँ चला गया तो... रो मत तू क्या कहना चाहता था, मेरे बच्चे, तेरे होंट फड़फड़ा कर रह गए। तेरी आँखों में कितना कर्ब था! तेरी आँखें कहती थीं तू हमें छोड़ना नहीं चाहता, हाय, मेरे बच्चे, इस जंगल बियाबान में अकेला तन-ए-तन्हा, हाय भगवान क्या ये सब सच है? एक औरत कटोरे से मेंढ़ पर दूध उंडेल कर ज़ार-ओ-क़तार रो रही थी, बैन कर रही थी। हम उस धीमी रौशनी में पहचान सकते थे कि वहाँ दो औरतें हैं, ‹उनमें से एक छोटी लड़की है। लड़की रो-रो कर कह रही थी, हम भैया को लिख भी न सके। दो दिन के अंदर ही ये क्या हो गया। हाय। मैंने चंद क़दम आगे बढ़ाए। इतने में हमारे सामने की रौशनी मेंढ़ में पहुँच गई... फिर तीसरी आवाज़ आई। भर्राई हुई लेकिन क़दरे करख़्त।

ये क्या पागल-पन है कि ऐसी ख़ौफ़-नाक रात में तुम यहाँ आई हो। क्या तुम्हारे रोने चिल्लाने... से

वो वापस आ जाएगा? मैंने आवाज़ पहचान ली। ये मेरे पिता जी की आवाज़ थी।

मेरे बच्चे, तू अँधेरे से डरता था, अब अँधेरे में अकेला पड़ा है। तू एक बार इसी जगह डर गया था और अब तू अकेला उसी जगह पड़ा है, अब तुझे डर नहीं लगता? मैं तुझे अकेला छोड़ कर घर कैसे जाऊँ। मेरी माँ फिर फूट पड़ी।

भैया टोपी और जूते लाएंगे। अब उन्हें सुरंगा पट्टम का क़िस्सा कौन सुनाएगा। भैया किसको सुरंगा पट्टम दिखाएंगे। श्यामू, मेरे श्यामू, हाय भगवान। ये मेरी बहनें थी। उस वक़्त मुझ पर क्या गुज़र रही थी मैं बयान नहीं कर सकता। ऐसा लगता था कायनात की इस बे-कराँ वुस्अत में, मैं बिल्कुल अकेला रह गया हूँ। लिंगा मेरा हाथ पकड़ कर खींच रहा था, मुझे वहाँ जाने से रोक रहा था। लेकिन मैं हाथ छुड़ा कर मेंढ़ की तरफ़ भागा। पिताजी ने लालटेन ऊपर उठाई और पूछा, कोन है?

मुझे देखते ही सब फिर फूट पड़े। नए सिरे से कर्ब उनके सीनों में उमंड आया। मैं बहुत देर तक शामना की क़ब्र पर आँसू बहाता रहा। मैंने सूटकेस से टोपी और जूते निकाले और उन्हें शामना की क़ब्र

पर रख दिया। शामना ने एक बार पूछा था, भैया ये पेड़-पौदे जंगल में अकेले कैसे रहते हैं? मेरा जी चाहा सारी रात यहीं गुज़ार दूँ, शामना को अकेला न छोड़ूँ। हम बहुत देर तक वहाँ रहे। शामना की बातें करते रहे। उसकी बीमारी, उसकी मौत... वो हमारे घर का हीरा था, सब गाँव वालों को आँखों का तारा था। सबका चहीता, ज़हीन, अक़्ल-मंद, अब उसके बग़ैर ज़िंदगी बे-कैफ़ थी।

पिताजी ने आह भर कर कहा, एक न एक दिन हम सबको यहीं आना होगा।

हवा का एक झोंका जैसे अपने साथ इसका जवाब लाया, हाँ।

मेरा भाई उसी जगह जहाँ वो डर गया था, आज अकेला, अबदी नींद सो रहा था। उसे छोड़ कर हम घर की तरफ़ रवाना हुए। जी हाँ घर की तरफ़? लेकिन हमारा घर है कौन सा?

# (3) अंधी मोहब्बत

## हिजाब इम्तियाज़ अली

(जब मोहब्बत के अंधे देवता क्यूपिड की आँखें पैदा होती हैं तो क्या होता है?)

(1)

हादसा

पाच तोन से शहर शिवराक जाते हुए हमें कार का एक ऐसा ख़ौफ़नाक हादसा पेश आया जिसने मेरी किताब-ए-ज़िंदगी में एक अजीब-ओ-ग़रीब बाब का इज़ाफ़ा कर दिया।

मोटर कार की पिछली सीटें सामान से लदी हुई थीं। चचा जाफ़र ने सामान का एक जुज़्व बन कर पिछली सीट पर ढोए जाने की बजाय बेहतर समझा कि ड्राइवर को साथ न लें और उसकी सीट पर ख़ुद रौनक़ अफ़रोज़ हो जाएं। चुनाँचे वो अगली सीट पर बैठे कार चला रहे थे और मैं उनके पहलू में दूरबीन लिए इधर-उधर के मनाज़िर देख रही और रास्ते का ज़ाइज़ा ले रही थी। जहाँ कहीं पुर ख़तर रास्ता या कोई अचानक मोड़ नज़र आता दिखाई देता, मैं उन्हें

पहले से आगाह कर देती। एशियाई सुबह की ख़ुशगवार ख़ुनक हवा, पहाड़ी रास्तों की ना-हमवार घाटियाँ, कहीं उबलते हुए चश्मे, कहीं बल खाती हुई नदियाँ, कहीं कुहसार की कासनी चोटियाँ, कहीं सर बुलंद सनोबर के मख़रूती सिरे, इन तमाम चीज़ों ने हमें बेहद महज़ूज़ कर रखा था।

दफ़्अतन मैंने दूरबीन से देखते हुए कहा, चचा, चचा! एक और पुर ख़तर मोड़ आ गया। रफ़्तार ज़रा धीमी कर लीजिए। उफ़, ये सियाह ग़ार! रास्ता भी बहुत ना-हमवार है। चचा जान के मुँह में मोटा सा सिगार था। गोल-गोल आवाज़ में बोले, तरद्दुद न करो। बहुत आहिस्ता चला तो ताख़ीर का अंदेशा है। हमें शाम से पहले शिवराक पहुँचना है। वहाँ वकील मेरा मुंतज़िर होगा।

उनका जुमला ख़त्म न होने पाया था कि आँखों ने वो देखा और हवास ने वो महसूस किया कि अलअमान उल हफ़ीज़! कार अचानक एक बड़े पत्थर से टकराई और पीछे ढलवाँ सड़क पर फिसलने लगी फिर उसके बाद क्या हुआ इसका मुझे पता नहीं। मेरे हवास जैसे किसी अथाह तारीकी में डूब रहे थे। कार शायद किसी खड में जा गिरी हो, शायद किसी

पहाड़ से टकराई हो, मैं बेहोश हो चुकी थी।

(2)

तारीकी

पाँच दिन कैसे गुज़रे, मुझे इसका मुतलक़ एहसास नहीं। पेशानी पर और सर की पुश्त पर ऐसी चोटें आई थीं जिन्होंने मुझे बेसुद्ध कर रखा था। इसपर शदीद बुख़ार ने हवास मुख़्तल कर दिए थे।

पांचवें दिन जब मुझे कुछ होश आया और मैंने अपनी पलकें उठाने की एक नातवां कोशिश की तो देखा कमरे में एक गहरी तारीकी फैली हुई है। ऐसी बे रूह तारीकी जिसे मेरी आँखों ने पहले कभी महसूस न किया था। अगरचे मेरा सर पट्टियों में जकड़ा हुआ था मगर मैंने उसे आहिस्ते से घुमाकर दरीचों को देखने की कोशिश की मगर बहुत जल्द मुझे महसूस हुआ कि कमरे में न कोई दरीचा है न रौशनी का कोई दूसरा एहतिमाम। अचानक सर्द और तारीक क़ब्र की याद ने मेरी रूह में एक नश्तर घोंप दिया। मेरे दिल ने कहा ये क़ब्र है। मेरे रोंगटे खड़े हो गए और मैं चीख़ पड़ी, चचा! चचा जाफ़र! चचा जाफ़र!

पाँच दिन के बाद यकलख़्त मेरी आवाज़ सुन

कर नर्स दौड़ पड़ी। ख़ातून! क्या बात है, क्या बात है! तुम कैसी हो? मैं नर्स हूँ।

नर्स, मैंने घबरा कर रोते हुए कहा, ख़ुदा के लिए कमरे में रौशनी करो।

रौशनी?

हाँ। मैंने कहा, यहाँ कोई रौशनी क्यों नहीं है?

नर्स ने क़रीब आकर मेरी नब्ज़ पर अपनी उंगलियाँ रखीं फिर बोली, दिन का वक़्त है ख़ातून। मैं घबराकर उठना चाहती थी मगरी मेरी गर्दन अकड़ी हुई थी। मैंने बे बसी से तकिये पर गिर पड़ी और रोने लगी। नर्स मुझे हर तरफ़ अंधेरा ही अंधेरा मालूम होता है। मुझे कुछ दिखाई नहीं देता। मुझे तुम भी दिखाई नहीं देतीं। चचा कहाँ हैं? हाय चचा।

मैं अभी सर जाफ़र को बुलाती हूँ। नर्स ने कुछ घबराए हुए लहजे में कहा और कमरे से बाहर भाग गई। मैं सिसकियाँ लेती हुई बिस्तर पर पड़ी रही। बेटी! बेटी ज़ेबा! कैसी हो? चचा की आवाज़ आई।

चचा-चचा आप कहाँ हैं? आप मुझे दिखाई नहीं देते?

नक़ाहत का सबब होगा बेटी। चुपचाप पड़ी रहो। तुम पाँच दिन बेहोश रही हो। ये कहते हुए आकर

मुझपर झुक गए और मेरी पेशानी चूम ली। मैं बेइख़्तियार रो पड़ी। चचा मेरा दिल बैठा जाता है। मुझे कुछ नहीं सुझाई देता। क्या आप लोग मुझसे हँसी कर रहे हैं? क्या बाहर आफ़ताब चमक रहा है? हाय, मेरी आँखें! मेरी आँखें क्या हुईं? वो खुली हैं या बंद? ये क्या हो गया?

मालूम होता था चचा जाफ़र को मेरी बातों पर हज़यान का शुबहा हो रहा है। बार-बार कहते, नर्स! टेम्परेचर लेना। कहीं बुख़ार ज़्यादा तेज़ न हो गया हो।

जनाब मैंने आधे घंटे पहले हरारत देखी थी, नॉर्मल थी।

तो नर्स, फ़ौरन डॉक्टर को टेलीफ़ोन करो।

दस मिनट बाद डॉक्टर पहुँच गया। उसने मुझसे चंद सवाल किए। फिर धीमी आवाज़ में चचा से कुछ कहा और उन्हें कमरे से बाहर ले गया। मैंने घबरा कर नर्स से पूछा, नर्स! डॉक्टर ने क्या कहा है? क्या मेरी बसारत जाती रही? नर्स ने कुछ बताना शायद मुनासिब न जाना, सिर्फ़ इतना कहा, अभी तो कुछ नहीं कहा, कोशिश कीजिए कि नींद आ जाए। ये कह कर वो मेरे तकिये ठीक करने लगी। मैं सिसकियाँ

लेती हुई एक जुनून अफ़्ज़ा अँधेरे में चुपचाप पड़ी रही।

(3)

इलाज की तजवीज़

मुझे कुछ पता न चला कि कितना वक़्त गुज़र गया। आध-आध घंटे बाद मैं नर्स से पूछ लिया करती थी। नर्स अब क्या बज गया? शाम को चचा जाफ़र चुपचाप मेरे कमरे में दाख़िल हुए। मैंने उनके क़दमों की आहट सुनी। वो आहिस्ता से मेरे क़रीब खड़े हो गये। मैं मुंतज़िर थी कि कोई बात करेंगे मगर उन्होंने कोई बात न की। वो शायद मेरी आँखों को ग़ौर से देख रहे थे। आख़िर घबरा कर मैंने कहा, चचा?

हाँ बेटी ज़ेबा।

आप चुप क्यों हैं? मेरा जी घबरा रहा है। मेरी आँखों को क्या हो गया चचा जान? क्या मैं अंधी हो गई हूँ? मेरे मुँह से एक आह निकली। चचा ज़ब्त करके बोले, नहीं बेटी, ये आरज़ी असर है। माबूद ने चाहा तो डेढ़ दो हफ़्तों में तुम बिल्कुल ठीक हो जाओगी।

मैंने महसूस किया कि उनकी आवाज़ में एक

दिल दोज़ दर्द पिन्हाँ है। मैं चीख़ पड़ी, डेढ़ दो हफ़्ते! इतनी मुद्दत इस अँधेरे में रहूँगी? हाय, अब क्या होगा? चचा बोले, बेटी इस तरह रोया नहीं करते। मैंने आज मशहूर डॉक्टरों से मिल कर मशवरा किया है। उन सबकी यही राय है कि डॉक्टर शीदी मशहूर माहिर-ए-चश्म हैं। उन्होंने बाज़ पैदाइशी नाबीनाओं तक को बसारत बख़्श दी है। वो शिवराक से तीन सौ मील के फ़ासले पर रहते हैं और इतने मसरूफ़ आदमी हैं कि शायद ही कहीं बाहर जाते हैं।

तो फिर वो यहाँ क्योंकर आएंगे चचा?

न आए तो हमें इनके वहाँ जाना पड़ेगा।

मेरा दिल धक से रह गया, हाय! तो यूँ कहिए। मुझे अंधों के हॉस्पिटल में रहना होगा। मैं अंधी हो गई। गोया ज़िंदगी की तारीकी में इधर उधर भटका करूँगी! कोई मेरा रफ़ीक़ न होगा। मैंने अंधों के कई अफ़साने पढ़े थे। उनकी नामुराद ज़िंदगी की बे रंग यकसानी से बख़ूबी वाक़िफ़ थी। अब यही कैफ़ियत मेरी होती नज़र आ रही थी। न मैं किताबें पढ़ सकूँगी, न सुबह और शाम का हुस्न देख सकूँगी। मेरे दिल पर चोट सी लगी और मैंने अपना सर दूसरी तरफ़ फेर लिया।

बेटी रो रही हो?

नहीं चचा जान। मैंने ज़ब्त करके कहा।

फिर ऐसी क्यों? उन्होंने मग़मूम लहजे में पूछा।

कुछ नहीं। थक गई हूँ।

बेटी अफ़सुरदा न हो। इनशाअल्लाह डॉक्टर शीदी का जवाब आते ही इलाज शुरू हो जाएगा या तो वो यहाँ आएंगे या मैं तुम्हें वहाँ ले जाऊंगा।

अच्छा चचा जान। मैंने अपने ज़ख्मी जज़्बात को चचा से पोशीदा रखने की कोशिश की। चचा जाफ़र कमरे से बाहर चले गए और मैं घबरा कर रोने लगी। मेरे लिए अब दुनिया में, इस वसीअ और रौशन दुनिया में कुछ भी न रहा था। तारीकी! सिर्फ़ भाएं करती हुई तारीकी।

शायद सामने का दरीचा खुला हुआ था। उसमें ठंडी निकहत बेज़ हवा के झोंके कमरे में आ रहे थे। रात की चिड़ियाँ बग़ीचे में सुबुक दिली से सीटियाँ बजा रही थीं मगर नहीं... न रंगीन फूलों को देख सकती थी जिनसे मुझे मोहब्बत थी, न ख़ुश गुलू परिंदों को जिनसे मुझे इश्क़ था। आह तारीक ज़िंदगी!

(4)

मुआयना

डॉक्टर शीदी का जवाब आगया कि वो यहाँ नहीं आ सकते। अलबत्ता हमको वहाँ आजाने के लिए लिखा था। उसी शाम चचा और मैं और बड़ी बूढ़ी नर्स कोह फ़िरोज़ रवाना हो गए। जूंही हम वहाँ पहुँचे डॉक्टर शीदी के प्राइवेट सक्रेटरी ने हमें एक बड़े हॉल में बिठा दिया। थोड़ी देर बाद दरवाज़ा खुला। एक निहायत शीरीं मर्दाना आवाज़ आई। तस्लीम सर जाफ़र! चचा की आवाज़ आई, तस्लीम, ये मेरी भाँजी और आपकी मरीज़ा हैं।

डॉक्टर ने मेरी तरफ़ देखा होगा। ऐसा मालूम होता था वो मेरे क़रीब ही एक कुर्सी पर बैठ गया। हल्की-हल्की ख़ुशबू कमरे में फैली हुई थी। चचा हादसे की तफ़सील बयान कर रहे थे। मैं चुपचाप एक कोच पर बैठी पागलों की तरह एक बेबसी के आलम में सर इधर उधर फेर रही थी। मेरे लिए उस नये मक़ाम में सिवाए नई आवाज़ों और नई ख़ुशबुओं के और कुछ न था। अपनी महरूमी और नामुरादी का दर्द, दिल में लिये उकताई हुई बैठी थी।

दफ़्अतन चचा की आवाज़ आई, बेटी ज़ेबा! डॉक्टर शीदी तुम्हारी आँखों का मुआयना करना

चाहते हैं। उनके साथ चली जाओ। मैं चुपचाप उठ खड़ी हुई। इज़ाज़त दीजिए कि मैं आपको सहारा देकर ले चलूँ। डॉक्टर शीदी ने कहा। उसकी आवाज़ ग़ैर मामूली दिलफ़रेब और सुरीली थी। मैं चुपचाप डॉक्टर के सहारे जिधर वो ले गया चली गई। मुझे सिर्फ़ इतना मालूम हुआ कि एक दरवाज़ा उसने खोला और हम दोनों उसमें दाख़िल हो गए।

डॉक्टर ने मुझे एक कुर्सी पर बिठा दिया, ख़ातून, मैं आपकी आँखों पर शुआएं डाल कर देखना चाहता हूँ कि आप एक हल्की सुर्ख़ सी रौशनी महसूस करती हैं या नहीं। ये कहते हुए वो मेरी कुर्सी की पुश्त से लग कर खड़ा हो गया और झुक कर मेरा सर कुर्सी की पुश्त पर रख कर पेशानी के बाल हटा दिए।

मैं अपनी आँखें बंद कर लूँ?

जी हाँ, अगर आप कोई रौशनी महसूस करें तो मुझे बता दीजिये।

लेकिन डॉक्टर! बेसाख़्ता मेरी ज़बान से निकला, अगर मैंने कोई रौशनी महसूस न की तो क्या होगा? क्या हमें हमेशा के लिए अंधी? मेरी आँखों से आँसू निकल पड़े। रहम दिल डॉक्टर मुतास्सिर हो गया।

उसने मेरी तस्कीन के लिए मेरी गर्म पेशानी पर अपना शफ़क़त भरा हाथ रख दिया। बोला, बानो! अगर ख़ुदा को यही मंज़ूर है कि आपकी बसारत आपको वापस न मिले तो मजबूरी लेकिन आँख रखते हुए भी ज़िंदगी को तारीक बना लेना और बग़ैर आँखों के भी ज़िंदगी को रौशन रखना, इंसान के अपने हाथ में होता है।

उन फ़लसफ़ियाना बातों पर ग़ौर करने की मुझमें हिम्मत नहीं थी। मैं बेबसी के आलम में रो पड़ी। मगर डॉक्टर बग़ैर आँखों के सारी ज़िंदगी कैसे कटेगी? मैं कोई किताब नहीं पढ़ सकती। कोई ख़ुशनुमा मंज़र नहीं देख सकती। अब क्या होगा डॉक्टर?

डॉक्टर ने मेरे सर पर आहिस्ता से हाथ फेरते हुए कहा, ख़ातून ख़ौफ़ न कीजिये। मैं पूरी कोशिश से आपका इलाज करूंगा लेकिन अगर क़ुदरत को यही मंज़ूर हुआ कि आप अपनी ज़िंदगी तारीकी में काटें तो उसका इंतज़ाम यूँ भी हो सकता है कि आप की क़ुव्वत सामिआ के लिए दिलचस्पियाँ मुहैया की जाएं। आप हसीन चीज़ों को देख न सकेंगी मगर ख़ूबसूरत अलफ़ाज़ सुन सकेंगी। हसीन राग आपका

दिल बहलाएंगे।

    डॉक्टर ने आहिस्ते से मेरा सर कुर्सी की पुश्त वाली कुशन से लगा दिया और मुझसे कहा कि उसकी तरफ़ देखूँ। अपने असिस्टेंट की इमदाद से जो बहुत ख़ामोश नौजवान मालूम होता था वो देर तक मेरी आँखों का मुआयना करता और मुझसे तरह-तरह के सवाल पूछता रहा। आख़िर कुछ देर बाद इतमीनान बख़्श लहजे में बोला, ख़ातून ज़ेबा! मेरा ख़्याल है कि मायूस होने की कोई वजह नहीं। पहले कुछ दिन आपका इलाज किया जाएगा और उसका अगर कोई मुफ़ीद नतीजा न निकला तो ऑपरेशन किया जाएगा?

    मैं दोनों के लिए तैयार हूँ डॉक्टर। मैंने कहा, फिर हम कमरे से बाहर निकल आए।

    (5)

मरीज़ और मुआलिज

    डॉक्टर शीदी के ज़ेर-ए-इलाज मुझे दो हफ़्ते गुज़र गए। चचा जाफ़र जैसे मसरूफ़ आदमी का अपने शहर से बाहर रहना बहुत मुश्किल था। चुनाँचे वो बूढ़ी नर्स को मेरे पास छोड़ कर रुख़्सत हो गए थे। मेरी आँखों की अब तक वही कैफ़ियत थी। ज़िंदगी

एक दुख भरी तारीकी में गुज़र रही थी। वही चंद लम्हे मेरे लिए ख़ुशगवार होते थे जब डॉक्टर शीदी मेरे पास आ बैठते और किसी पुर लुत्फ़ मौज़ू पर गुफ़्तगू छेड़ कर मुझे उसमें ऐसा मुनहमिक कर लेते कि सिवाय एक ज़ेहनी मसरूफ़ियत के मुझे और किसी बात का एहसास न रहता।

वो उमूमन ऐसे मौज़ू पर गुफ़्तगू करते या इनमें मेरी दिलचस्पी पैदा करते जिनके मुतअल्लिक़ आँखें रखने वाले भी तख़य्युल ही की आँखों से काम ले सकते हैं। आग़ाज़ आफ़रीनश, क़दीम तहज़ीबें, यूनानी फ़लसफ़ा, नफ़सियात और उसी क़िस्म के दूसरे मौज़ूओं पर वो कोई बात छेड़ कर मेरे तख़य्युल को इक रास्ता सुझा देते और मैं उनके मुतअल्लिक़ अपनी बिसात के मुताबिक़ बात में से बात पैदा करती रहती और न मालूम फ़िलवाक़ा ऐसा था या महज़ मेरी हौसला अफ़ज़ाई की ग़रज़ से डॉक्टर उमूमन मेरी ज़हानत और अंदाज़-ए-फ़िक्र की बहुत दाद देते।

ये ख़्याल अफ़रोज़ सोहबतें लज़ीज़ भी होती हैं और तवील भी। शायद मेरे अलावा ख़ुद डॉक्टर भी उनसे कम लुत्फ़ अंदोज़ न होते थे। थोड़े ही दिन

बाद वो अपनी फ़ुर्सत का सारा वक़्त बल्कि बाज़ औक़ात अपना काम अपने असिस्टेंट के सुपुर्द करके मेरे पास आ बैठते और कोई गुफ़्तगू वहीं से शुरू कर देते जहाँ पिछली सोहबत में हमने उसे ख़त्म किया था। ख़्याली बातें न करते तो मेरे एहसासात का ख़्याल रखते हुए उनकी आँखें मेरी आँखों का काम सर अंजाम देतीं और वो आस-पास की एक-एक चीज़ जिसे देखने की मैं ख़्वाहिश करती, बड़ी तफ़सील से मुझसे बयान करने लगते। रफ़्ता-रफ़्ता मुझे एहसास होने लगा कि अलावा मुझसे हमदर्दी होने के डॉक्टर के दिल में मेरी क़दर भी पैदा होती जा रही है।

डॉक्टर के रुख़्सत हो जाने के बाद बाज़ औक़ात मुझे बहुत देर तक अपनी नाबीनाई का एहसास तक न होता। मेरे तख़य्युल के लिए सोचने और ग़ौर करने को हमेशा कुछ न कुछ मौजूद रहता था लेकिन जब कभी अमली ज़िंदगी का कोई वाक़िआ मुझमें अपनी नाबीनाई का एहसास ताज़ा कर देता तो उस तमाम ख़ुद फ़रामोशी की कसर निकल जाती कि फिर तकान के सिवा और कोई शै मेरे लिए बाइस-ए-तस्कीन न बन सकती।

एक शाम दरीचे के पास कोच पर बैठी थी। सर दरीचे के बाहर निकाल रखा था। दरख़्तों पर बुलबुलों के नग़मे सुनाई दे रहे थे कि यकायक मुझे एक सुरीली तान सुनाई दी और फिर एक ख़ास भीनी-भीनी ख़ुशबू आई। मालूम हो गया कि डॉक्टर शीदी मेरे क़रीब ही कहीं होंगे क्योंकि जब कभी वो आते यही ख़ुशबू कमरे में फैल जाती थी। उसी वक़्त डॉक्टर की आवाज़ आई, मैं आपको दरीचे में देख कर इधर आ निकला।

में यहाँ चिड़ियों के नग़मे सुन रही थी डॉक्टर। क्या अभी-अभी आप ही कोई मिसरा गुनगुनाते ज़ीने पर चले आ रहे थे?

जी हाँ! वो मैं ही था।

कितना प्यारा राग था। मेरी ज़बान से निकला, जब से बसारत गई मेरी क़ुव्वत-ए-सामिआ तेज़ होती जा रही है डॉक्टर। क्या आफ़ताब ग़ुरूब हो गया? डॉक्टर मेरे क़रीब आकर खड़े हो गए फिर कहा, अभी-अभी ग़ुरूब हुआ है। मेरा ख़्याल है किसी तरफ़ को चाँद तुलूअ हो रहा होगा। आइए मैं आपको बाग़ में ले चलूँ।

मैं फ़ौरन तैयार हो गई। उसने मुझे अपने हाथ

का सहारा दिया। डॉक्टर शीदी दराज़ क़द और मज़बूत आदमी मालूम होते थे। उनकी आवाज़ भी बहुत दिलफ़रेब थी जिस वक़्त हम दोनों बाग़ के ज़ीने पर उत्तर आए अचानक मेरा दिल धड़कने लगा। यक़ीनन वो बहुत ख़ूबसूरत भी होगा! मेरा दिल बेइख़्तियार चाहने लगा कि उसकी शक्ल देखूँ।

हम दो मिनट बाग़ के ज़ीने पर चुपचाप खड़े रहे। फिर डॉक्टर शीदी ने कहा, अब चाँद तुलूअ हो रहा है। बग़ीचे पर उसकी हल्की-हल्की रौशनी काँपने लगी। चाँद बहुत सफ़ेद है न बहुत ज़र्द। पत्ते भी हिल रहे हैं। उनकी आवाज़ तो आप भी सुनती होंगी?

हाँ आवाज़ आ रही है। क्या नन्हे-नन्हे पौदे भी झूम रहे हैं? मैंने पूछा।

नहीं इतनी तेज़ हवा नहीं। बस सर बुलंद दरख़्तों की टहनियाँ हिल रही हैं। लीजिए चाँद अब कुछ ऊपर को बढ़ आया। शहतूत का साया ख़ौफ़नाक मालूम होने लगा।

क्या शहतूत भी लगे हैं?

हाँ गर्मियों का आग़ाज़ है, कच्चे शहतूत लगे हैं। चलिए आपको फ़व्वारे की तरफ़ ले चलूँ।

हम दोनों फ़व्वारे के पास एक कोच पर जा बैठे। वो कहने लगे, फ़व्वारे पर एक औरत की गर्दन तुर्शी हुई है। औरत की दोनों आँखों में से पानी निकल रहा है गोया आँसू बह रहे हैं। मैं बोल उठी, आह कितना अलमनाक तख़य्युल है। न जाने ऐसा बुत क्यों तराशा गया।

चाँद की किरनें नन्ही-नन्ही बूंदों पर चमकने लगीं। लीजिए अभी हमारे सामने से एक जंगली ख़रगोश झाड़ी में भाग गया। सरसराहट आप ने भी सुनी होगी।

हाँ सुनी थी। डॉक्टर आज तो आप बिल्कुल वही ख़िदमत अंजाम दे रहे हैं जो कभी मेरी आँखें दिया करती थीं। मैं सोच रही हूँ अगर मैं यहाँ से मायूस गई तो घर पर मेरी आँखों का काम कौन देगा?

डॉक्टर दो लम्हे चुप रहा। मुझे महसूस हुआ कि वो मुझे बग़ौर देख रहा है। मैं कुछ शर्मा सी गई और बोली, डॉक्टर? आप क्या कर रहे हैं? चुप हैं? वो बोले, आप ने अभी-अभी मुझसे सवाल किया था कि आप यहाँ से मायूस गईं तो घर पर आप की आँखों का काम कौन अंजाम देगा। तो ख़ातून आपको जो बेहतरीन दोस्त होगा उसका सबसे बड़ा

फ़र्ज़ यही होगा कि आपकी आँखों का काम दे।

मैं तो मायूस लहजे में बोली, मगर मैं कोई भी ऐसा दोस्त नहीं रखती डॉक्टर। बिलफ़र्ज़ अगर ऐसा कोई निकल भी आए तो उसे इतनी फ़ुर्सत कहाँ होगी कि अपनी ज़िंदगी के तमाम काम छोड़ के मुझे दुनिया की बातें सुनाया करे। ऐसी हमदर्दी तो फ़रिश्तों में होती है। इसलिए तो मैं आपको फ़रिश्ता समझती हूँ।

कोई भी ऐसा दोस्त नहीं? डॉक्टर ने मुकर्रर पूछा। उसकी आवाज़ में संजीदगी और दर्द भरा हुआ था।

कोई नहीं डॉक्टर। मैंने कहा।

क्या, क्या ये ख़िदमत मैं अंजाम दे सकता हूँ?

मैं हैरान हुई, क्या? कौन सी ख़िदमत?

यही कि ज़िंदगी भर आपकी आँखों का काम मेरे अलफ़ाज़ दे सकें।

ज़िंदगी भर? मैंने हैरान हो कर पूछा।

हाँ।

ये क्योंकर मुमकिन है? ज़िंदगी भर? मैं पागलों की तरह सवाल किए जा रही थी।

मेरी हैरत अभी ख़त्म न हुई थी कि डॉक्टर शीदी

ने अपना एक हाथ मेरे कँधे पर रख दिया और भारी आवाज़ में बोले, ज़ेबा! मैं ज़िंदगी भर इस ख़िदमत को अंजाम दूंगा। मुझे तुमसे मोहब्बत है। शदीद! बड़ी शदीद।

मैं लरज़ गई। सिर्फ़ मोहब्बत के फ़िक़रे सुनना और अपने चाहने वाले का चेहरा न देखना किस क़दर अजीब होता है। ऐसा मालूम होता था जैसे कहीं दूर से एक मलकूती राग मेरे कानों में पहुँच रहा है। मैं अज़ ख़ुद रफ़्ता होकर डॉक्टर पर गिर पड़ी। मेरी ज़बान से सिर्फ़ इतना निकल सका, शीदी!

शीदी ने मुझे मज़बूती से पकड़ रखा था। लरज़ी हुई आवाज़ से मेरे कान में पूछने लगे, ज़ेबा! तुम्हें भी मुझसे मोहब्बत है? मैं बेख़ुदी के आलम में बोली, यक़ीनन। मुझे तुम्हारी आवाज़ से इश्क़ है। मैं तुम्हारे फ़लसफ़ियाना और शायराना फ़िक़रों की शैदा हूँ।

(6)

रंगीन अंधेरा

इस अहद-ओ-पैमान के बाद मोहब्बत का एक निहायत पुर लुत्फ़ और रंगीन दौर शुरू हो गया। मेरी रग-रग में डॉक्टर शीदी की मोहब्बत साँस लेती

मालूम होती थी। उनकी आवाज़ सुनते ही मेरी ख़्वाबीदा रूह जैसे जाग उठती। इनके मज़बूत हाथों को छू कर मैं इक नई ज़िंदगी हासिल करती थी। मेरी ज़िंदगी की ये पहली मोहब्बत थी और यक़ीनन आख़िरी।

अब ये हर रोज़ का मामूल हो गया था कि अपने काम से फ़ारिग़ हो कर शाम के वक़्त शीदी मेरी तरफ़ आ जाते और मुझे बग़ीचे में चहल क़दमी करवाते। वो घंटों पत्तों का हिलना, आसमान का रंग, शफ़क़ की सुर्ख़ी, फूलों की रंगीन ज़िंदगी की कहानी मुझे सुनाते रहते। मेरी आँखें नहीं थीं मगर शीदी के फ़िक़रों ने आँखों की कमी को बहुत हद तक भुला रखा था। इस दौरान में चचा जाफ़र तीन दफ़ा एक-एक दिन के लिए आए और मुझे देख कर कुछ मायूस से चले गए।

आख़िर जब एक महीना गुज़र गया तो एक दिन शीदी ने कहा, ज़ेबा! मालूम होता है कि ऑपरेशन करना ही पड़ेगा। ये सुन कर मैं डर गई। शीदी मुझे ऑपरेशन के नाम से डर लगता है। मैं सच कहती हूँ, पहले मैं अपनी नाबीनाई से बेज़ार थी मगर अब मोहब्बत ने मेरी रूहानी आँखें जगमगा दी हैं। मुझे

अब अपनी आँखों की परवाह नहीं रही।

मगर प्यारी। उन्होंने प्यार के लहजे में कहा, तुम मुझे तो नहीं देख सकतीं। मैं मचल गई, हाँ शीदी! अलबत्ता मुझे तुम्हारे देखने की कितनी तमन्ना है। तुम ख़ुद ही मुझे बता दो तुम कैसे हो? मैं तुम्हारी आवाज़ सुन कर अंदाज़ लगा सकती हूँ कि तुम कितने हसीन होगे। अच्छा मुझे देखने तो दो। ये कह कर मैंने अपने दोनों हाथों से उनका चेहरा टटोला। तुम बेहद हसीन हो। तुम्हारी आँखें लम्बी-लम्बी हैं। तुम्हारी पेशानी कुशादा है।

ये सब कुछ सही ज़ेबा! ख़्याल करो जब हमारी शादी होगी... जब हमारे नन्हे-नन्हे बच्चे होंगे। उस वक़्त आँखों की ज़रूरत किस क़दर महसूस होगी? शीदी की आवाज़ में एक इर्तिआश था। मैं शर्मा कर दूसरी तरफ़ देखने लगी। फिर शर्मीले अंदाज़ में बोली, शीदी क्या बातें करते हो। शीदी मुझे अपने बाज़ुओं में लेकर बोले, मैं ग़लत नहीं कहता। कुछ अरसे बाद तुम्हें अपनी आँखों की ज़रूरत महसूस होगी। लम्हा भर बाद कुछ सोच कर मैं बिगड़ सी गई, बोली, हाँ, बेशक तुम सच कहते हो, अंधी बीवी मुसीबत होती है, है ना?

ख़ुदा की क़सम ये बात नहीं है मेरी ज़ेबा! अंधी बीवी तो मुफ़ीद होती है। मुसीबत क्यों होने लगी, मगर मैं नहीं चाहता कि तुम आँखों जैसी नेमत से ज़िंदगी भर महरूम रहो। अगर तुम्हें इस बात का ख़्याल है कि मैं अंधी बीवी को मुसीबत समझता हूँ और महज़ अपने फ़ायदे के लिए तुम्हारी आँखों का ऑपरेशन करना चाहता हूँ तो मैं तुमसे तुम्हारी मौजूदा नाबीनाई की हालत में शादी करने पर तैयार हूँ। कुछ अरसे बाद तुम्हें ख़ुद आँखों की ज़रूरत होगी। उस वक़्त तुम्हारे कहने पर मैं ऑपरेशन करूंगा। ज़ेबा अब तुम्हारा इतमीनान हो गया?

मैं मुस्कुराई, शीदी, अगर तुम ज़िंदगी भर मुझसे ऐसी ही मोहब्बत करोगे जैसी आज करते हो तो मैं अपनी आँखों की कमी को कभी महसूस न करूंगी। मेरे प्यारे शीदी! तुम्हें नहीं मालूम दिन रात मोहब्बत भरे फ़िक़रे सुनते रहना भी एक फ़िरदौसी ज़िंदगी है। मेरी आँखें आ जाएंगी तो तुम्हारे मोहब्बत भरे अलफ़ाज़ भी कम हो जाएंगे क्योंकि फिर उनकी ज़रूरत न रहेगी। नहीं शीदी, मैं अंधी ही अच्छी। मुझे तुम्हारी मोहब्बत मयस्सर हो तो फिर नाबीनाई का कोई ग़म नहीं।

ये सुन कर शीदी बेताब हो गए, ज़ेबा, फिर तो हमें शादी में देर नहीं लगानी चाहिए। इस माह के इख़्तिताम पर हमारी मुश्तरका ज़िंदगी का आग़ाज़ हो तो कैसा है? असल मरहला तो सर जाफ़री की मंज़ूरी का है। उन्हें अब तक इसका भी इल्म नहीं कि यहाँ हममें किस शिद्दत की मोहब्बत हो गई है। मैं धीमे लहजे में बोली, मगर मेरा ख़्याल है चचा को किसी क़िस्म का एतराज़ न होगा। क्योंकि...आख़िर उन्हें भी तो मेरी नाबीनाई का ख़्याल होगा कि नाबीना से शादी कौन करेगा।

शीदी बोल उठे, नहीं-नहीं। ऐसा ख़्याल न करो। ये सुर्ख़ गुलाब की पत्ती जैसे होंट और ये सुनहरे बाल और मासूम भोला-भोला चेहरा हर नौजवान को अपनी तरफ़ खींच सकता है। इन चीज़ों को देख कर किसी को नाबीनाई का ख़्याल तक नहीं आ सकता।

(7)

तकमील-ए-आरज़ू

आख़िर मेरा ख़्याल दुरुस्त निकला। यानी जब डॉक्टर शीदी ने चचा से मेरे लिए दरख़ास्त की तो उन्होंने फ़ौरन मंज़ूर कर लिया मगर इतना ज़रूर कहा, डॉक्टर शीदी जो कुछ आप करना चाहते कुछ

दिनों ग़ौर करके कीजिए। एक नाबीना लड़की से शादी करना ग़ौर तलब मामला है। क्या आप ने इसपर काफ़ी सोच लिया है? मैं नहीं चाहता कि आइन्दा आपकी या ज़ेबा की इज़्दवाजी ज़िंदगी में उसकी नाबीनाई की वजह से दिक़्क़तें पैदा हों।

सर जाफ़र! डॉक्टर शीदी की दिल फ़रेब आवाज़ आई, मैंने इसपर काफ़ी ग़ौर कर लिया और इस नतीजे पर पहुँचा हूँ कि मुझे ख़ातून ज़ेबा से बेहतर बीवी इस दुनिया में नहीं मिल सकती। आप इतमीनान रखिए इंशा अल्लाह कोई ऐसी सूरत पैदा न होगी जिससे ज़ेबा को उनकी नाबीनाई के बाइस किसी क़िस्म की तकलीफ़ हो।

फिर तो मैं मुत्मइन हूँ। चचा ने कहा।

इस गुफ़्तगू के बाद उसी शाम डॉक्टर शीदी भागे-भागे मेरे पास आए और मुझे लिपटा लिया। ज़ेबा, ज़ेबा, मुझे मुबारकबाद दो। तुम्हारे चचा ने इज़ाज़त दे दी।

पन्द्रह दिन बाद अप्रैल के आख़िरी हफ़्ते की एक ख़ुशगवार शाम हमारा अक़्द निहायत ख़ामोशी से हो गया। शीदी कह रहे थे कि मैं इस शाम अपने लम्बे दामनों वाले उरूसी लिबास में नारंगी और मोतिया

के फूलों में लिपटी लिपटाई ऐसी मालूम हो रही थी जैसे यूनानियों के हुस्न-ओ-इश्क़की देवी। हमने अपनेअय्याम-ए-उरूसीएक चमकीले साहिल पर बसर किए। वो मेरी ज़िंदगी का इंतहाई पुर लुत्फ़ और रंगीन ज़माना था। मुझे अपनी नाबीनाई का ज़्यादा सदमा न रहा था मगर मैं महसूस कर रही थी कि शीदी की दिली तमन्ना ये थी कि मेरी बसारत बहाल हो जाए और एक चाहने वाले की यही तमन्ना होनी चाहिए।

चुनाँचे एक दिन जब मैं दरीचे में खड़ी समुद्री हवा से लुत्फ़ अंदोज़ हो रही थी वो आगए और कहने लगे, ज़ेबा! ज़िंदगी के हर लम्हे पर ऐसा शुबहा होता है जैसे हम फ़िरदौस में बैठे हों। आज तुम्हारी आँखें होतीं तो ये ख़लिश न रहती जो मेरे दिल में ख़ार बन कर खटक रही है।

मैं मुस्कुरा कर बोली, अगर मेरी नाबीनाई का सदमा हमारी मसर्रत में ख़लल अंदाज़ हो रहा है तो मैं ऑपरेशन के लिए तैयार हूँ शीदी।

क्या वाक़ई?

हाँ शीदी, बिल्कुल।

तुम बड़ी अक़्लमंद लड़की हो ज़ेबा। सोचो तुम्हारी

आँखें आ जाएंगी तो हमारी ज़िंदगी किस क़दर रौशन होगी? इसका ख़्याल वफ़ूर-ए-मसर्रत से मुझे पागल बना देता है। तुम मुझे देख स्कोगी, अपने शौहर को!

मैं बेताब हो कर बोली, अल्लाह वो वक़्त कितना मुबारक होगा! तुम्हें देखना! अपने प्यारे शीदी को देखना। मेरी तमाम रूह खिंच कर मेरी आँखों में आ जाएगी। फिर एक लम्हे के बाद कुछ अफ़सुरदगी के लहजे में बोली, मगर शीदी अब मैं तुम्हारे दिल की आवाज़ सुन रही हूँ। आँखें आ जाएंगी तो हमारी मोहब्बत चुपचाप हो जाएगी।

शीदी हँस पड़े, पागल लड़की, कोई इतनी सी बात पर आँखें खो देता है?

क्यों नहीं शीदी? मैं कहने लगी, क्यों नहीं? मुझे तुम्हारे मोहब्बत भरे फ़िक़रे आँखों से कहीं ज़्यादा महबूब हैं। मैं उन फ़िक़रों को खो दूँगी। उनसे महरूम हो जाऊँगी।

शीदी बोले, तुम्हें तो महज़ मेरे फ़िक़रों से महरूम हो जाने का अंदेशा है मगर क्या मुझे इस बात का ख़दशा नहीं पैदा हो सकता कि तुम्हारी आँखें आने पर कहीं... कहीं मैं तुम्हारी मोहब्बत ही से महरूम न हो जाऊँ। मैं समझ न सकी।

ऐं, मोहब्बत से महरूम? इससे तुम्हारा क्या मतलब है?

शीदी दो लम्हे ख़ामोश रहे, न जाने क्या कर रहे थे। मैंने फिर पूछा, शीदी बोलते क्यों नहीं? तुम मोहब्बत से महरूम क्यों होने लगे? शीदी कहने लगे, ज़ेबा! मैं साफ़-साफ़ बता दूँ? देखो मुझे माफ़ करदो। मैंने बड़ा धोका दिया और शायद इस धोके का इन्कशाफ़ अब बाद अज़ वक़्त हो मगर अब बताए देता हूँ कि मैं कोई हसीन आदमी नहीं हूँ। मैं कुछ हैरान हुई, मगर जब मैं अपनी उँगलियों से तुम्हारे चेहरे को टटोलती हूँ तो तुम बड़े हसीन मालूम होते हो।

हाँ, उँगलियों का महसूस करना और बात है और आँखों से देखना अलहदा बात। अब तुम मुझसे मोहब्बत करती हो इसलिए भी मैं तुम्हें हसीन मालूम देता हूँ। आँखों से देखने के बाद न मोहब्बत होगी न में हसीन मालूम हूँगा।

शीदी हल्की हँसी हँस पड़े। जो शख़्स हँसी इतनी होश रुबा और मूसीक़ी आमेज़ हो वो बदसूरत हो सकता है? कहने लगे, देखा, आख़िर डर गईं ना। लेकिन ज़ेबा, मेरी बदसूरती तुम्हें अंधा नहीं रख

सकती। एक वफ़ादार शौहर इतना ख़ुदग़रज़ नहीं हो सकता। वो अपनी बीवी के लिए हर क़ुर्बानी पर तैयार हो जाता है। ख़्वाह मुझे देखने के बाद तुम मुझसे नफ़रत ही करो मगर मैं ज़रूर तुम्हारी आँखों का ऑपरेशन करूंगा। ये कहते हुए वो मुझे सेहन-ए-बाग़ में ले आए।

मैं कुछ सोचने लगी। बग़ीचे में सन्नाटा था। दरीचे के पास एक नन्हा सा परिंद गा रहा था। समंदर की मौजों की आवाज़ मुसलसल आ रही थी। बड़ी देर बाद मैंने सर उठाया, शीदी, तुम कहाँ हो? अंधेपन के बाद इस सवाल की मुझे आदत हो गई थी, फिर बोली, तुम यकलख़्त चुप हो गए। क्या सोच रहे हो?

प्यारी! मैं ये सोच रहा था कि जब मोहब्बत के अंधे देवता की आँखें पैदा होती हैं तो क्या होता है।

मैंने एक गहरी साँस ली, शीदी तुम बड़े बदगुमान आदमी मालूम होते हो। मुझे तुम्हारे हुस्न या बदसूरती से यक़ीनन मोहब्बत नहीं। मुझे तुमसे मोहब्बत है। यक़ीन करो तुमसे। काश, मैं अपना दिल खोल कर तुम्हें बता सकती। तुम मेरी आँखों का ऑपरेशन करो और देख लो। मेरे मोहब्बत का

देवता तुम्हारी सूरत के मामले में हमेशा अंधा ही रहेगा।

क्या तुम दिल की गहराइयों से कह रही हो ज़ेबा? उन्होंने पूछा।

हाँ-हाँ! मेरे प्यारे शीदी दिल की गहराइयों से।

तुम मुझसे हमेशा मोहब्बत करोगी ज़ेबा?

हमेशा शीदी। ये सुन कर शीदी ने मुझे मज़बूती से अपने बाज़ुओं में जकड़ लिया।

(8)

कशमकश

इस गुफ़्तगू के दूसरे हफ़्ते मेरे ऑपरेशन की तैयारियाँ होने लगीं। चचा जाफ़र और डॉक्टर शीदी मुझे तसल्ली दिलासे देते रहते थे। आख़िर वो हैबतनाक दिन आ गया और मेरा ऑपरेशन हुआ। वो वक़्त भी गुज़र गया। अब मेरी आँखों पर पट्टियाँ बँधी हुई हैं। कमरे में अंधेरा रखा जाता था। नवें दिन मेरी पट्टियाँ खुलने वाली थीं। गोया अगर मेरी क़िस्मत में हुआ तो नौ दिन के बाद मैं अपने महबूब शौहर का चेहरा देख सकूँगी। न पूछिए वो अय्याम किस बेक़रारी और तज़ब्ज़ुब में कटे।

जिस सुबह मेरी पट्टियाँ खुलने वाली थीं उसकी

रात शीदी मेरे कमरे में कुछ घबराए-घबराए से आए। ज़ेबा, आज की शाम ज़ाए नहीं करनी चाहिए, क्या पता ये शाम हमारी मोहब्बत की आख़िरी शाम हो। इस शाम के बाद क्या पता हमारी तक़दीर बदल जाए।

मुझे सदमा हुआ, शीदी तुम ऐसी बातें करोगे तो मैं अपनी पट्टियाँ अभी खोल कर फेंक दूँगी। शीदी बोले, तो फिर शायद आज ही शाम से ज़िंदगी का रुख़ बदल जाए। मैं चिढ़ कर बोली, अगर मेरी आँखों की रौशनी से तुम्हारी ज़िंदगी तारीक हो जाने का अंदेशा है तो मैं कभी न चाहूँगी कि मेरी आँखें आ जाएं।

अच्छा ज़ेबा, कल तुम्हारी मोहब्बत और मेरी कम रुई का मुक़ाबला है। मैं बोली, बेशक होगा शीदी, औरत अपने शौहर को बहुत ही चाहती है। खुसूसन ऐसी लड़की जिसने अपनी ज़िंदगी में शौहर के सिवा कभी किसी मर्द से मोहब्बत न की हो। क्या तुमको इल्म नहीं मैंने सिवाए तुम्हारे कभी किसीसे मोहब्बत नहीं की।

शीदी बग़ौर मेरे चेहरे का मुताला कर रहे थे क्योंकि वो ख़ामोश थे फिर थोड़ी देर बाद झुक कर

मेरे रुख़्सारों को छुआ और बोले, अच्छा ज़ेबा, ख़ुदा हाफ़िज़। सुबह देखा जाएगा कि जब मोहब्बत के अंधे देवता की आँखें पैदा होती हैं तो क्या होता है। मैं मुस्कुरा कर बोली, देख लेना।

(9)

हुस्न या मुहब्बत?

दूसरे दिन की सुबह को मैं कभी नहीं भूल सकती। शीदी ने ख़्वाह मख़्वाह मेरे दिल में वसवास सा पैदा कर दिया था। अव़्वल तो ये धड़का कि बसारत बहाल होती है या नहीं। हो भी जाती तो फिर तरह-तरह के अंदेशे थे। मैं ख़ुदा से दुआएं मांग रही थी कि माबूद! मुझे इस इम्तहान में कामयाब कर। कभी अपने दिल से बातें करने लगती कि क्या वाक़ई जिस शख़्स की मैं शैदाई हूँ जिसे मैं दुनिया का बेहतरीन मर्द समझती हूँ वो कम रु और करीह मंज़र आदमी है? क्या उसे देख कर मेरी मोहब्बत लरज़ जाएगी? मैं ये दुआ नहीं करती कि वो बदसूरत न हो बल्कि ये दुआ करती हूँ कि उसे देख कर मेरी मोहब्बत सहम न जाए। मुझे शीदी से मोहब्बत है। मोहब्बत है। मेरे क़दम इस राह में कभी न डगमगाएंगे मगर फिर आप से आप दिल

सरगोशी में कहने लगता, पागल लड़की मोहब्बत का तअल्लुक़ तो दिल से पहले आँख से है। मोहब्बत देख कर होती है।

ग़रज़ मेरी रात शदीद तरीन इज़्तिराब में कटी। सुबह हुई तो दिल मारे अंदेशों के बैठा जा रहा था। जब शीदी मेरे कमरे में दाख़िल हुए तो मैं हाँप रही थी। बेबस हो कर उनसे लिपट गई।

ज़ेबा, मेरी ज़ेबा! कैसी हो रही हो?

मैं अच्छी हूँ। मगर एक सिसकारी निकल गई।

क्यों? मेरी क़िस्मत पर रो रही हो? उन्होंने भारी आवाज़ से पूछा। मैं ज़ब्त करके बोली, मैं सोच रही हूँ, इतनी मुद्दत बाद मैं दुनिया को कैसे देखूँगी! इस ख़्याल से ख़ौफ़ मालूम होता है।

मैंने शीदी का गर्म साँस अपने रुख़सार पर महसूस किया फिर बोली, शीदी, जब मैं तुम पर पहली निगाह डालूँगी तो मेरे दिल की क्या हालत होगी? उफ़ मेरे अल्लाह! शीदी संजीदा लहजे में बोले, ज़ेबा, तुम्हारी आँखों की पट्टियाँ मैं नहीं खोलूँगा, मुझे डर लगता है। मेरा असिस्टेंट ये ख़िदमत अंजाम देगा। जैसी तुम्हारी मर्ज़ी शीदी। मेरा तो यही ख़्याल था कि तुम खोलोगे और दुनिया में सबसे पहले मुझे

तुम्हारी हसीन सूरत नज़र आएगी।

अगर वो हसीन होती तो ऐसा ही होता ज़ेबा।

आख़िर वो वक़्त आ गया कि मेरी पट्टियाँ खोली जाने लगीं। मैं चुपचाप लेटी थी। मेरे इतराफ़ दो तीन डॉक्टरों के बोलने की आवाज़ आ रही थी। मेरे दिल की अजीब हालत थी। मालूम होता था कि शीदी भी उस कमरे में मौजूद हैं। आख़िर पट्टी खुल गई। डॉक्टर ने मुझे देखने को कहा।

उफ़ वो लम्हा! पलकों को पलकों से जुदा करना। रौशनी के लिए! या अबदी तारीकी के लिए! सहमे और धड़कते हुए दिल के साथ मैंने पलक उठाई। मैं लरज़ गई और एक चीख़ सी मेरे मुँह से निकली। रौशनी की पहली किरन मैंने महसूस की। उस धुँधली रौशनी में से कमरे के रंग उभरते और वाज़ेह होते जारहे थे। मैंने इधर उधर देखा। वहाँ कोई न था। मैं एक सब्ज़ दरीचों वाले हसीन कमरे में कोच पर पड़ी थी। खिड़की में से आसमान नज़ारा अफ़रोज़ था। वही नीला, रौशन हलम से मुस्कुराता हुआ आसमान।

शीदी! शीदी! मेरे मुँह से निकला। शीदी ने मुझे मेरी आँखें वापस दे दीं। ये उन्हीं के प्यारे हाथों का

करिश्मा है। मेरे दिल में मोहब्बत का एक चश्मा उबलने लगा। उस शख़्स को देखने के इश्तियाक़ ने मुझे पागल बना रखा था जिससे मुझे मोहब्बत थी और जिसने मुझे आँखें बख़्शी थीं। दफ़्अतन पर्दे के पास मुझे कुछ आवाज़ आई। मैं ने मुड़कर देखा और चीख़ कर कहा, शीदी! मर्दाना हुस्न-ओ-वजाहत का एक दिलफ़रेब नमूना पर्दे के पास खड़ा था। लम्बी-लम्बी नशीली आँखें, सुनहरे बाल, हसीन मांग, निहायत शगुफ़्ता चेहरा। मैं बेख़ुद हो कर उसकी तरफ़ गई। वफ़ूर-ए-शौक़ से मेरी ज़बान से बमुश्किल इतना निकला, मेरे शीदी!

नौजवान ने सर झुका कर मुझे सलाम किया। भारी आवाज़ में बोला, डॉक्टर शीदी बाहर हैं मोअज़्ज़ज़ ख़ातून। मैं उनका असिस्टेंट हूँ।

ओ। मैंने मायूस लहजे में कहा, मुझे ग़लती हुई, क्या आप बराह करम उन्हें बुला देंगे। असिस्टेंट बोला, पाँच मिनट में वो ख़ुद ही आ जाएंगे। वो अपने इस वक़्त के इज़्तिराब को मरीज़ों में मिटाने की कोशिश कर रहे हैं।

मैं अपना इश्तियाक़ छुपा न सकी, असिस्टेंट, तुमको मालूम है कि मैं मुद्दत से अंधी थी। मैंने

अपने शौहर का चेहरा कभी नहीं देखा। आप मुझे बता देंगे कि वो कैसे हैं? वो मुस्कुराया, वो, मेंटल पीस पर डॉक्टर शीदी की तस्वीर रखी है इधर आइए।

मैं मेंटल पीस के पास गई और तस्वीर उठा ली, ये शीदी की, मेरे रफ़ीक़-ए-ज़िंदगी की तस्वीर है? मेरे अल्लाह! मेरे मुँह से एक आह निकल गई। ये एक चालीस साला मर्द की तस्वीर थी। पेशानी फ़राख़ मगर नक़्श निहायत भद्दे, चेहरे पर करख़्तगी बरस रही थी। उस तमाम तस्वीर पर कुछ ऐसी बेरौनक़ी और बदसूरती छाई हुई थी कि मेरे पाँव तले की ज़मीन निकल गई। सामने क़द-ए-आदम आईने में अपना काहिदा मुजस्समा देख कर मैं लरज़ गई। मुझ सी नाज़नीन औरत ये किस मर्द की मोहब्बत में गिरफ़्तार हो गई।

असिस्टेंट मुझे बग़ौर देख रहा था, बोला, भोली ख़ातून! किस सोच में खड़ी हो? आपकी कुछ दिनों की नाबीनाई ने आपकी ज़िंदगी से बड़ी बदसलूकी की। जब डॉक्टर शीदी से आपकी शादी होने लगी तो कई बार मेरा जी चाहा कि किसी ख़ुफ़िया तरीक़ पर आपको उनकी बदसूरती के राज़ से आगाह कर दूँ

मगर आप जानिए डॉक्टर शीदी भला ऐसा मौक़ा मुझे कब देने लगे थे? आख़िर उन्होंने वही किया जिसका मुझे अंदेशा था। उनकी उम्र चालीस साल की हो गई। उनकी तजर्रुद की ज़िंदगी की तमाम ज़िम्मेदरी उनकी शक्ल पर आइद होती है। इस इलाक़े की तक़रीबन तमाम लड़कियों ने उन्हें बाइकॉट कर रखा है। आख़िर आपकी बदनसीबी आपको यहाँ खींच लाई।

मैं शशदर खड़ी थी और टकटकी बाँध कर उस हुस्न के देवता को देख रही थी जो मेरे सामने खड़ा था। ये बिल्कुल अफ़सानों के हीरो का सा हुस्न-ओ-जमाल रखता था। कुछ देर बाद मेरी नज़र अपने शौहर की तस्वीर पर गई।

मगर मुझे डॉक्टर शीदी से मोहब्बत थी, मोहब्बत है। मैंने जल्दी से कहा।

आपकी मोहब्बत नाबीनाई की मरहून-ए-मन्नत है। अब आप अपनी आँखों से मशवरा लीजिए। सच तो ये है ख़ातून ज़ेबा, आप सी नाज़नीन लड़की को डॉक्टर साहब ने जैसे मकरूह इंसान के साथ देख कर मेरे दिल पर छुरियाँ चलने लगती हैं।

आपको एस बातें नहीं करनी चाहिएं असिस्टेंट।

मोहब्बत का दार-ओ-मदार हुस्न पर नहीं होता। नौजवान असिस्टेंट दिलफ़रेब आवाज़ में हँस पड़ा, ईमान से कहिए आपको अपने शौहर की तस्वीर को देख कर मायूसी नहीं हुई? मैं बोली, इसके लिए मैं पहले से तैयार थी। शीदी ने मुझे ख़ुद बता दिया था कि वो हसीन नहीं हैं मगर, मैं समझती थी। वो उनकी शक्ल ऐसी तो न होगी।

अगर आपको शुबहा तो-तो खिड़की से झाँक कर देख लीजिए। वो बरामदे में एक मरीज़ को कुछ हिदायतें दे रहे हैं।

मैं धड़कते हुए दिल से खिड़की की तरफ़ गई और झाँक कर देखा। आह, मेरा दिल बैठ गया। वो तस्वीर से ज़्यादा बदसूरत थे। क्या मैं इसी शख़्स की परस्तिश करती हूँ? कोई औरत इससे मोहब्बत कर सकती है?

मैं सर पकड़ कर एक कोच पर बैठ गई। नौजवान असिस्टेंट सामने खड़ा था। उसने एक गहरे नीले रंग की क़मीस पहन रखी थी। गहरे सब्ज़ रंग की निकटाई ज़ेब-ए-गुलू थी। वो एक अफ़सानवी अंदाज़ में मुझपर झुक कर बोला, ख़ातून ज़ेबा, आप बड़ी जल्द बाज़ लड़की हैं मगर आपसे ज़्यादा

ताज्जुब मुझे आपके चचा पर होता है। उन्होंने आपको इस तारीक ग़ार में क्यों फेंक दिया? क्या डॉक्टर की दौलत और सरवत ने उन्हें अंधा कर दिया था?

मैं जल्दी से बोली, नहीं-नहीं, सर जाफ़र को दौलत व हशमत की मुतलक़ परवाह नहीं। उन्होंने यही सोचा होगा न कि अंधी लड़की...

ये ज़ुल्म है सरीहन ज़ुल्म। असिस्टेंट ने कहा, आप सी हसीन लड़की अगर अंधी भी थी तो किसी को क्या परवाह हो सकती थी? मिसाल के तौर पर मैं ख़ुद अपने आपको पेश कर सकता था। अगर आप सी अंधी बीवी मुझे मिल जाती तो मैं अपने आपको ख़ुश नसीब... मैंने रोका, ऐं-ऐं, असिस्टेंट! क्या कहते हो? मैं तुम्हारे चीफ़ की बीवी हूँ। तुम बहुत नामाक़ूल शख़्स निकले।

माफ़ करना ख़ातून ज़ेबा, मुझसे लग़्ज़िश हुई।

मैंने रुखाई से कहा, अच्छा तो अब आप बराह करम डॉक्टर शीदी को बुलाएं, मैं उनसे मिलना चाहती हूँ।

बहुत अच्छा। ये कह कर असिस्टेंट बाहर चला गया।

(10)

जब मोहब्बत के अंधे देवता की आँखें पैदा होती हैं।

थोड़ी देर बाद डॉक्टर शीदी अपने करख़्त वज़ा के चेहरे पर मुस्कुराहट पैदा करने की कोशिश करते हुए कमरे में आए और ख़ूबसूरत असिस्टेंट बाहर चला गया।

ज़ेबा। उन्होंने कहा। इनकी आवाज़ में लरज़िश थी। शीदी मेरी ज़बान से निकला और साथ ही हुजूम-ए-जज़्बात से दो मोटे-मोटे आँसू मेरे रुख़सार पर ढलक आए।

ज़ेबा! आँखें मुबारक! सचमुच तुम देख सकती हो? ऐं रोती हो? क्यों क्या मेरी तक़दीर पर? उन्होंने निहायत अफ़सुरदगी के साथ कहा। उनकी आवाज़ एक अनोखे तौर पर दर्दनाक मालूम हो रही थी। मेरे हवास जैसे सुन्न हो गए थे। नहीं शीदी नहीं। ये कह कर न जाने क्यों मैं सिसकियाँ लेने लगी। वो किसी क़दर क़रीब आ गए। ज़ेबा, जब मोहब्बत के अंधे देवता की आँखें पैदा होती हैं तो यही कुछ होता है... सिसकियाँ, अपने किए पर पछतावा, आँसू। मैं ज़ब्त करके बोली, नहीं शीदी, मैं अपने क़ौल पर क़ाइम हूँ।

मैं अब भी, तुमको चाहती हूँ।

हाँ, चाहती तो हो, मगर क्या अपने दिल पर हाथ रख कर कह सकती हो कि नाबीनाई के अय्याम में जिस वारफ़्तगी से मुझे चाहा करती थीं वही वारफ़्तगी अब तक मौजूद है?

मैंने अपनी आँखें बंद कर लीं, शीदी, मुझे आँखें नहीं चाहिएं। मुझे तुम्हारी मोहब्बत चाहिए। मेरी आँखों में कोई तेज़ाब डाल दो ताकि फिर मैं अपने ख़्वाबों के ज़ज़ीरे में तुम्हारी ही मोहब्बत का गीत गा सकूँ। मेरे शीदी, आँखें बड़ी फ़सादी होती हैं। ये मुझे नहीं चाहिएं। मुझे मोहब्बत की अंधी आँखें चाहिएं। ये कहते हुए मैं रोने लगी।

ज़ेबा मैं तुम्हारी ज़िंदगी तबाह करना नहीं चाहता। एक मुद्दत तक मेरी वीरान ज़िंदगी तन्हाई और तजर्रुद के आलम में बसर होती रही। फिर तुम आईं और मैंने तुम्हें धोका दे कर तुम्हें अपने मोहब्बत के जाल में फँसा लिया। अब जब कि तुम्हारी बसारत बहाल हो गई है, मेरे धोके का तिलिस्म टूट चुका है।

मगर शीदी मैं परेशान लहजे में बोली, तुमने मेरी आँखों का ऑपरेशन किया ही क्यों? मैं ख़ुश थी, मैं

अंधी थी और मोहब्बत की परस्तार थी।

वो मेरा इंसानी फ़र्ज़ था ज़ेबा।

आह, तुम बहुत नेक हो शीदी।

तुमने अपनी आँखें बंद क्यों कर रखी हैं? शीदी ने पूछा। उनकी आवाज़ में एक दर्द था। मुझे इसकी आदत हो गई है शीदी। आँखें बंद होती हैं तो मैं ख़्वाब और अफ़साने की सरज़मीन पर होती हूँ।

और जब वो खुल जाती हैं तो एक देवनुमा आदमी तुम्हारे दिल आवेज़ तख़य्युलात की इमारत को मिस्मार कर देता है। यही बात है ना? उन्होंने निहायत अफ़सुरदगी से पूछा। नहीं शीदी, हरगिज़ नहीं। मुझे आँखें बंद रखने में महज़ इसलिए मज़ा आता है कि मुझे अपने इश्क़ के इब्तिदाई दिन याद आ जाते हैं जब मैं अंधी थी और तुमने पहले पहल इज़हार-ए-आरज़ू किया था।

शीदी ने मेरा बाज़ू छुआ और कमरे की दूसरी तरफ़ ले गए। फिर एक जगह मुझे खड़ा करके कहा, ज़ेबा अब आँखें खोलो। मैंने आँखें खोल दीं। सामने क़द-ए-आदम आईने में हम दोनों का अक्स नज़र आ रहा था। मैं मब्हूत हो कर अपने हसीन और काहिदा और अपने शौहर के भद्दे और करीह मंज़र

के अक्स को देख रही थी। मेरा दिल ख़ून हो रहा था। जी चाहता था अपना मुँह नोच लूँ। मैंने अपनी आँखें बंद कर लीं और बावजूद इंतहाई कोशिश-ए-ज़ब्त के मेरे आँसू निकल आए।

शीदी निहायत दिल शिकस्ता नज़र आ रहे थे, ज़ेबा! अब तुमने देख लिया? मैं तुम्हारे क़ाबिल नहीं। अगर दुनिया में इंसाफ़ कोई चीज़ है तो मुझे चाहिए कि तुमसे माफ़ी चाहूँ और हमेशा के लिए रूपोश हो जाऊँ। यही मेरी सज़ा है।

शीदी, ऐसी बातें न करो।

क्यों ऐसी बातें न करूँ ज़ेबा? आख़िर मुझे अपनी कम रुई का एहसास है। अपने जुर्म का एहसास है। तुम्हारे हुस्न का एहसास है। हर रोज़ तुम मेरी मोहब्बत का मुक़ाबला दूसरों से करोगी। मेरे हसीन असिस्टेंट ही से करोगी। मैं सोचता हूँ कि जब तुम मुझे और उसे यकजा देखोगी तो तुम्हारे दिल पर क्या गुज़रेगी?

मैं बे क़रार हो गई, शीदी, तुम बेहद बदगुमान हो। उस वक़्त मेरी निगाह इत्तफ़ाक़ से अलमारी पर जा पड़ी। उसमें एक शीशी नज़र आई जिसपर किसी तेज़ाब का नाम जली लफ़्ज़ों में लिखा था। मैंने

अलमारी की तरफ़ उंगली से इशारा करके कहा, वो अलमारी में क्या चीज़ रखी है? कोई तेज़ाब है? मैं उसे अपनी आँखों में डाल लूँगी और हमेशा के लिए अंधी हो जाऊँगी फिर तो तुम्हारी ज़िंदगी मज़े से कटेगी ना?

ये कह कर मैं अलमारी की तरफ़ बढ़ी। शीदी जल्दी से बोले, ठहरो, तुम्हें फिर अंधा बनने की ज़रूरत नहीं। मैं ख़ुद अपनी मकरूह शक्ल हमेशा के लिए छुपा लूँगा। अपनी आँखें ज़ाए न करो। जब हुस्न देखने को मिल जाए तो आदमी को अंधा नहीं होना चाहिए। फिर वो दरीचे की तरफ़ गए और हल्की आवाज़ में कहा, असिस्टेंट!

उसी वक़्त असिस्टेंट अंदर दाख़िल हुआ। वही हसीन चेहरा, वही मीठी मुस्कुराहट, वही दिल में घर करने वाली नशीली आँखें। मैंने अपना चेहरा फेर लिया।

शीदी ने निहायत दर्द अंगेज़ लहजे में कहा, ज़ेबा, मैं इंसाफ़ पसंद हूँ। मैं समझ सकता हूँ, मैं तुम सी हसीन लड़की के नाक़ाबिल हूँ। शायद आँखें मिल जाने के बाद ये नौजवान तुम्हारा ज़्यादा मौज़ूं रफ़ीक़ साबित हो सके।

मैं हैरान हो कर अपने शौहर को देखने लगी। मायूसी और सदमे से वो पागल हो रहे थे। मैंने रहम और बेबसी के लहजे में कहा, शीदी, तुम जो कुछ कह रहे हो उसे नहीं समझते। तुम्हारा दिमाग़ बेकार हो गया है। शीदी ने संजीदगी से कहा, ज़ेबा, मैं सब कुछ समझता हूँ। इसी लिए तो कह रहा हूँ ख़ुदा हाफ़िज़ ज़ेबा, मुझे माफ़ कर दो। ये कह कर उन्होंने एक आख़िरी नज़र मुझपर डाली और बाहर चले गए।

मैं चीख़ पड़ी, असिस्टेंट, असिस्टेंट, उन्हें बुलाओ। देखो, ये तेज़ाब की शीशी। मैं ये तेज़ाब अपनी आँखों में डाल रही हूँ। मैं अंधी हो रही हूँ, अपने शौहर की ख़ातिर। कह कर मैंने शीशी का कार्क खोल लिया। एक झटके के साथ शीशी मेरे हाथ से दूर जा गिरी और असिस्टेंट ने क़रीब आकर कहा, दीवानी हो गई हो? वो मकरूह शक्ल अब तुम्हारी ज़िंदगी से बाहर है। मुफ़्त में अपनी आँखें क्यों खोती हो? शिद्दत-ए-मसर्रत से उसकी आवाज़ अजीब हो रही थी।

क्योंकि... क्योंकि असिस्टेंट मुझे मोहब्बत चाहिए, सिर्फ़ मोहब्बत। डॉक्टर शीदी हसीन न सही मगर मुझसे मोहब्बत करते हैं, दिली मोहब्बत। ऐसी

मोहब्बत जिसने मेरी अंधी दुनिया को रौशन कर दिया था। मैं उस मोहब्बत को खो नहीं सकती। मैंने अपनी आँखें बंद कर लीं।

ज़ेबा! मेरी रूह काँप गई, ऐं, ये किसकी आवाज़ है? डॉक्टर शीदी? मैंने आँखें खोलीं, असिस्टेंट? क्या अभी-अभी डॉक्टर शीदी ने मुझे बुलाया था? मैं सच कहती हूँ मुझे उन ही से मोहब्बत है। उन्हें बुलाओ, उन्हें बुलाओ। अपनी नशीली आँखों से मुझे न देखो। मेरी मोहब्बत हुस्न की मुहताज नहीं। मेरी मोहब्बत, उनकी मोहब्बत, उनकी अथाह मोहब्बत को पुकार रही है।

मेरी तरफ़ देखो ज़ेबा! क्या मेरी आँखें तुम्हें मोहब्बत का सबक़ नहीं पढ़ा सकतीं? मुझे अपनी इन आँखों से न देखो। दिल की आँखों से देखो। शायद इस तरह तुम इसमें मेरी अथाह मोहब्बत को पा सको। अपनी आँखें बंद कर लो और मेरे चेहरे को टटोलो।

मैं उस नौजवान को तक रही थी कि अचानक एक नये काँपते हुए एहसास से मेरा दिल ज़ोर-ज़ोर से धड़कने लगा और न मालूम फ़ितरत के किस इसरार पर जोश-ए-इज़्तिराब के किस तक़ाज़े पर मैंने

आप से आप अपनी आँखें बंद कर लीं और तारीकी की क़दीम रफ़ाक़त में एक बार फिर मेरी ज़ी हिस उँगलियों के सिरे एक बे क़रारी से उसके चेहरे के नक़्श-ओ-निगार टटोलने लगे।

मेरे मुँह से अचानक एक चीख़ निकल गई और मैं एक इज़्तिरार के आलम में अपनी बेताब आँखें खोल दीं। हैरान होकर उस हुस्न के मुजस्समे को देखने लगी। ऐं! शीदी! मेरे शीदी! वो ख़ामोश खड़ा मुस्कुरा रहा था।

# (4) शीला

## रशीद जहाँ

जहाँ मोटी, गोरी, मंझोली शीला में और कमज़ोरियाँ थीं वहाँ उसकी ख़ुश-मिज़ाजी भी शामिल थी। "हाँ" के सिवा दूसरा लफ़्ज़ तो वो जानती ही नहीं थी और "नहीं" का इस्ते'माल उसने शायद कभी किया हो। किसी के हाँ डिनर पर अगर कोई मेहमान आख़िरी वक़्त पर इन्कार कर दे तो जगह भरने को शीला को घसीट बुलाओ। जब कहीं बुड्ढे एक मेज़ पर जम्अ' हो जाएँ तो शीला उनके ख़ुश करने को बिठाई जाए। जवान जम्अ' हो जाएँ तो उनकी दिल्लगी का आला शीला बने। आ'शिक़ अपना रोना उसके सामने रोते। जवान लड़कियाँ जब नई-नई मोहब्बत का शिकार होतीं और उन्हें राज़-दार की तलाश होती तो वो भी शीला के पास पहुँचतीं। बीवियाँ बे-ख़तर अपने-अपने शौहरों को शीला के पास छोड़ देतीं। शीला एक ऐसी उ'म्र से गुज़र रही थी कि बुड्ढे मर्द उसको जवान समझ कर तरस खाते और जवान उसको बुढ्ढा समझ कर हँसते। वो

इक्तालीस साल की ग़ैर शादी-शुदा औ'रत थी।

जिस महल्ले में वो रहती थी वहाँ वो बहुत हर-दिल-अज़ीज़ थी। उसकी नेक-ियतती और चाल-चलन पर कोई उँगली न उठा सकता था। बाल-बच्चों वाली औ'रतें, कुँवारी शीला पर बुढ़ापा आता देख कर तरस खातीं, लेकिन शीला बहुत ख़ुश थी। वो ख़ुद उल्टा उन औ'रतों पर तरस खाया करती थी। ये औ'रतें क्या जानती थीं। जानवरों की सी ज़िन्दगी बसर करती थीं और शीला के दिल में तो ला-ज़वाल और पाक मोहब्बत की एक कान थी, जिसकी रौशनी में वो मगन रहती थी। पास ही वकील गोपाल चंद्र की माँ रहती थी। पुराने ज़माने की जाहिल औ'रत थी। जो बात दिल में आई मुँह पर धर दी। "हाह! कैसी जवानी बर्बाद की है, पढ़ कर यही तो होता है कि कोई समझ में नहीं आता... अब देखो, कुछ न होतीं तो आठ-दस बच्चों की माँ होतीं।" शीला हँस कर बात टाल देती।

मोहब्बत उसने भी की थी। कभी वो मोहब्बत एक बे-पनाह तूफ़ान की सूरत में उसको दीवाना रखती थी। उस पर भी बहुत लोग फ़िदा हो चुके थे लेकिन शीला के दिल में सिर्फ़ एक ही की चाह थी

और वो मर्द बीवी-बच्चों वाला था। एक अरसा हुआ जब दोनों मिले थे शीला अठारह-उन्नीस साल की जवान लड़की थी, हरीशचंद्र पर वो फ़िदा हो गई। जब दोनों ख़ानदानों का मिलना बढ़ता गया तो ये दोनों एक दूसरे की तरफ़ ज़ियादा रुजू' होने लगे। लेकिन कभी कोई ना-जाइज़ या बद-तहज़ीबी की हरकत हरीशचंद्र ने न की। बह्सें होतीं, किताबों पर तन्क़ीदें होतीं, मोहब्बत और इ'श्क़ भी ज़ेर-ए-बह्स आता और शीला हरीशचंद्र की पाक और बेलौस मोहब्बत के फ़लसफ़े पर यक़ीन करती जाती। रफ़्ता-रफ़्ता दोनों उसी पाक और रुहानी मोहब्बत का मज़ा उठाने लगे जो हरीशचंद्र के ख़याल में मोहब्बत का बेहतरीन रुख़ था। उनके दिल-ओ-दिमाग़ पर रुहानी मोहब्बत का ग़लबा छा गया। ऐसी मोहब्बत का जो दुनिया की गन्दगियों और हिस्सियात से पाक थी और जिन का ख़याल करना भी गुनाह था।

गोपाल चन्द्र एक रोज़ उसके पास आया। शीला के दिल में गोपाल की बहुत इ'ज़्ज़त थी। वो उसको शरीफ़ और दयानत-दार जवान समझती थी। कहने लगा, "शीला जी अगर आप इजाज़त दें तो मैं अपनी दोस्त सावित्री से कह दूँ कि जब वो बाहर जाए तो

आप का नाम ले दे? वो हॉस्टल में अभी नई नर्स है और मेट्रन उस पर बहुत सख़्ती करती है। जब बाहर जाती है तो बहुत कुरेद-कुरेद कर पूछती है कि कहाँ जा रही हो। अगर वो आप का नाम ले दिया करे तो मेट्रन कुछ न कहेगी।"

शीला गोपाल से ये बातें सुन कर हैरान रह गई। उसके ख़याल में गोपाल की मोहब्बत एक और लड़की से थी और अब उस पुरानी दर्शन को छोड़ा तो छोड़ा लेकिन बेईमानी की क्या ज़रूरत थी। शीला की पाक मोहब्बत को धक्का लगा। क्या लोग इतनी जल्दी बदल जाते हैं। गोपाल की इज़्ज़त उसके दिल में कम हो गई। आख़िर को बोली, "मुझे ये नहीं पसन्द कि मेरा ग़लत नाम लिया जाए। मैं उस लड़की को जानती भी नहीं।"

"अगर आप इजाज़त दें तो कल शाम को मैं उसको यहाँ ले आऊँ?" शीला ने मजबूर हो कर इजाज़त दे दी।

दूसरे दिन वो चाय पर आए। वकील गो ऐनक लगाता था लेकिन फिर भी ख़ुश-रू जवान था और उसकी दोस्त को देख कर तो शीला हैरान रह गई। तेईस चौबीस साल की एक औरत थी। सूखी,

मदक़ूक़ और बरसों की बीमार मा'लूम होती थी। काले रंग के सामने उसके दाँत और भी चमक रहे थे। वकील और वो काफ़ी घुले मिले लगते थे। उसकी आँखों में आग थी जिसके सामने वकील ताब न ला सकता था। चाय पी कर वो दोनों चले गए लेकिन शीला वहीं बुत बनी बैठी रही। उसने पहली बार महसूस किया कि उसने अपनी कितनी बे-क़दरी की है। न कभी अपनी सूरत की ख़बर ली और न ढंग का कपड़ा पहना। एक ऐसे मर्द के पीछे उ'म्र बर्बाद कर दी जो दर-अस्ल बरसों की मुलाक़ात के बा'द भी ग़ैर था।

वो अब भी आता था। दूर बैठ कर लैला-मजनूँ के क़िस्से रोने। उसको वही मज़ा आता था जो लोगों को चिड़ियों को िपंजरों में बन्द कर के पालने में आता है। जान-बूझ कर उसको एक अ'जीब-ओ-ग़रीब मोहब्बत के क़िले में बन्द कर दिया था। शीला उठी और ये कहती हुई दूसरे कमरे में चली गई, "मेरी जो भी राएँ हैं वो सब इन्हीं साहब की बतलाई हुई हैं और मैं तो महज़ एक ग्रामोफ़ोन रिकार्ड की तरह उनको दोहराया करती हूँ।"

उनका मुँह फ़क़ हो गया। जिस तरह पिंजरे का

दरवाज़ा खुला देख कर मालिक का दिल सन्न से हो जाता है, उसी तरह ये भी शीला की तरफ़ देखते के देखते रह गए और थोड़ी देर बा'द बोले, "ये क्या मज़ाक़ है?"

वो बेचारे समझ रहे थे कि उनके लिए ये स्वाँग बनाया गया है।

"कौन सा मज़ाक़?"

शीला ने अपने ऊपर निगाह डाल कर कहा, "ये कपड़े! क्यों क्या बुरी लग रही हूँ?"

"बुरी लग रही हो! मैंने तो तुमको पहचाना ही नहीं। तुम वो शीला ही नहीं जिससे मिलने मैं आया था।" ये कह कर हरीशचंद्र बैठ गए।

शीला भी हँस कर बैठ गई, "तो क्या मुज़ाइक़ा है अब नई शीला से मिल लीजिए।"

अब उन्होंने दोनों हाथों से सर पकड़ लिया और थोड़ी देर बा'द बोले, "क्या तुम्हारी शादी भगवान दास से होने वाली है?"

"आप से किस ने कहा?"

"एक दिन भगवान दास ने ख़ुद ज़िक्र किया था। फिर औरों से भी सुना।"

"भगवान दास ने आप से ज़िक्र किया था और

आपने क्या कहा?"

"उसने मेरी बीवी से कहा था कि वो आप को राज़ी करें। लेकिन मैंने उसको वहीं ख़ामोश कर दिया।"

"किस तरह?"

"किस तरह! मैंने कह दिया कि मुझे अच्छी तरह मा'लूम है कि तुम्हारा इरादा शादी करने का नहीं है।"

"ये आप को कैसे मा'लूम हुआ?" शीला ने हँस कर कहा।

"शीला! ये मैं क्या सुन रहा हूँ? बजाए ख़ुशामद के अब उनकी आवाज़ में ज़रा सी ख़फ़गी थी। इतने सालों में वो शीला को अपनी मिल्कियत ही समझने लगे थे।

"सुन क्या रहे हैं... आख़िर जब आपने शादी कर ली है तो मैं क्यों न कर लूँ?"

"तुम अच्छी तरह जानती हो, मेरी शादी तुमसे मिलने से पहले हो गई थी जब मैं बच्चा था। उसका ज़िक्र ही क्या। मेरी और तुम्हारी मोहब्बत बिल्कुल दूसरी चीज़ है। वो आलूदगियों से पाक और दुनियावी ख़्वाहिशों से आज़ाद है। हमारी मोहब्बत रुहानी है।

ईश्वर के लिए बताओ क्या सचमुच तुम भगवान दास को वा'दा दे चुकीं? ऐ मालिक मैंने इस मन्दिर की पूजा इतने बरस इसी लिए की थी..."

"जिस मन्दिर की पूजा तुमने इतने बरसों अपनी बीवी के साथ बड़े आराम से रह कर की है वो मैंने यहाँ अकेले तड़प-तड़प कर की है। और मेरी समझ में नहीं आता कि आख़िर क्यों मैं भी इस मन्दिर की पूजा उसी तरह न करूँ जिस तरह कि तुम अब तक करते रहे हो।"

"औ'रत मर्द में बड़ा फ़र्क़ होता है। शीला! औ'रत गन्दी हो जाती है। उसका दिल और जिस्म कभी अलग-अलग नहीं रह सकता। वो बस एक ही की होती है, एक ही के ख़याल में मर जाती है। वर्ना उसमें और तवाइफ़ों में फ़र्क़ क्या है।"

"और मर्द?"

"मर्द एक बादल होता है जो आँधी की तरह उठता है और मेंह की तरह बरस जाता है। वो चाहे कहीं उठे, कहीं बरसे उसमें फ़र्क़ नहीं आता।"

"और उस बादल का दिल? उसका क्या होता है?"

"शीला आज तुम कैसी बातें करती हो। तुम मा'सूम हो। मैं तुम्हें कैसे समझाऊँ।"

"इक्तालीस साल की मा'सूम शीला। हा हा हा, बुढ़िया शीला, हा हा हा।" वो ज़ोर से हँस पड़ी। हरीशचंद्र अब शीला की तरफ़ इल्तिजा से देख रहे थे चाहते थे कि वो फिर आँसुओं का तार बाँध दे। उनके पाँव अपने आँसुओं से भिगो दे और कहे कि नहीं मेरे देवता तो तुम्हीं हो।"

शीला खड़ी हो गई और ज़ब्त से कहने लगी, "तुम मर्द ज़रूर हो। शायद सारी दुनिया के मर्द ऐसे ही होते हों, लेकिन तुम तो बहुत ज़ालिम हो। उन्नीस साल की उ'म्र में मेरी तुमसे मुलाक़ात हुई। मैं तुमको देख कर और तुम्हारी तक़रीर के जाल में फँस कर तुम्हारी परस्तिश करने लगी। तुम मुझसे बड़े थे। दो बच्चों के बाप थे। तुमने जान कर मेरी कमज़ोरी से फ़ाइदा उठाया। तुम जहाँ मिलते थे मुझसे जान-जान कर बातें करते, मेरी ता'रीफ़ करते। एक-आध जुम्ला कान में भी कह देते। तुमने अपनी ताक़त मुझ पर महसूस कर ली थी और मुझे अपने पाँव तले रौंदना चाहते थे। आख़िर एक दिन तुम मुझसे कहलवा लिया कि मैं तुम पर मरती हूँ। और

फिर तुम किस क़दर अन्जान बन गए। रफ़्ता-रफ़्ता तुमने मुझे ये यक़ीन दिला दिया कि औ'रत बस एक ही से मोहब्बत कर सकती है। एक की हो सकती है। मोहब्बत सिर्फ़ दिल की होती है। पाक मोहब्बत इन्सानी ख़्वाहिशों से बेनियाज़ होती है। मुझमें जो कुछ जोश-ओ-ख़रोश था मैंने उसका गला घोंट दिया। अपनी ये हालत बना ली और ये समझ बैठी कि बस तुम ही मेरी दुनिया हो। तुम कभी-कभार आते हो, देवता की तरह बैठ जाते हो और अपनी पूजा करवा के चले जाते हो। मैं फिर अकेली इस दुनिया में रह जाती हूँ जो सिर्फ़ मेरे ख़यालों में बस्ती है। हाँ! अब असली दुनिया में आना चाहती हूँ। गो ये भी जानती हूँ कि वक़्त बहुत निकल गया है।"

थोड़ी देर ठहर कर, "हरीशचंद्र! आज वो मन्दिर जिसकी बुनियादें हवा में थीं, टूट गया। अब पुजारन ही नहीं रही तो देवता की भी ज़रूरत नहीं है।"

हरीशचंद्र ने अ'जीब लहजे में कहा, "तुम्हें क्या हो गया है शीला... लोग तुम पर हँसेंगे कि बुढ़ापे में सींग कटा कर बछड़ों में दाख़िल हुई हो।"

वो तन कर खड़ी हो गई, "तुम सिर्फ़ ख़ुद-ग़रज़ ही नहीं हो बल्कि ज़ालिम भी हो। अब तुम ही मेरे

बुढ़ापे का मज़ाक़ उड़ाने लगे। जाओ ईश्वर के नाम पर यहाँ से जाओ। कहीं मैं तुम्हें मार ही न डालूँ।" वो कुर्सी पर गिर गई और रोने लगी।

हरीशचंद्र अब उम्मीद से हाथ बढ़ा कर उसकी तरफ़ आए। वो फिर खड़ी हो गई और चीख़ी, "जाओ! मैं कहती हूँ चले जाओ!"

और फिर वो कमरे से भाग गई। उस दिन शीला अपने में एक अ'जीब बेचैनी महसूस करती रही। हरीशचंद्र की याद में उसने बरसों और बे-गिनती आँसूँ बहाए थे, लेकिन ये आँसू दूसरे थे। ये एक दूसरी ख़्वाहिश थी जो उसको रुला रही थी। वो बे-इख़्तियार फूट-फूट कर रो रही थी।

हरीशचंद्र के ये लफ़्ज़ कि "सब हँसेंगे कि, सींग कटा कर बछड़ों में दाख़िल हो गईं।" उसको किसी तरह न भूलते थे। रात को ख़्वाब में भी यही देखती थी कि दुनिया उस पर हँस रही है। उसने अपना तर्ज़-ए-रवय्या आहिस्ता-आहिस्ता बदलना शुरू' किया। ये ख़याल कि लोग उस पर हँसेंगे हर वक़्त ग़ालिब रहता था और वो हर क़दम सँभल कर उठाती। खद्दर छोड़ कर स्वदेशी पहनने लगी। कुरते छोड़ कर सदरियाँ शुरू' कीं। चप्पलें छोड़ कर

हिन्दुस्तानी कामदार जूती ख़रीदी। लोग शीला की इस तब्दीली के आदी तो हो रहे थे लेकिन औ'रतें उसको इतना बे-ज़रर नहीं ख़याल करती थीं। जवान लड़कियाँ तक उससे ख़ौफ़ खाने लगी थीं।

एक जवान फ़ौजी अफ़्सर उस पर बहुत रीझा हुआ था। शुरू'-शुरू' में ग़ालिबन शीला की मादराना मोहब्बत ने उसको अपनी तरफ़ माइल किया था लेकिन अब रफ़्ता-रफ़्ता क़ुदरत ने उसको बच्चे से बदल कर मर्द कर दिया था। गो शीला लापरवाही ज़ाहिर करती थी लेकिन दर-अस्ल उसके दिल में इस लड़के से मोहब्बत हो चली थी। उसके साथ किसी क़िस्म का ख़याल करना ही हिमाक़त था। वो इतना छोटा था कि आसानी से उसका अपना लड़का हो सकता था।

इधर भगवान दास उससे शादी पर मुसिर थे। अपने छोटे बच्चों का वास्ता दिला रहे थे। लेकिन शीला का दिल तो उस जवान लड़के में फँस रहा था। उसकी हर अदा शीला को एक ऐसा मौसम-ए-बहार मा'लूम होती थी जिसकी कलियाँ अभी खिलने ही वाली हों और भगवान दास उसके मुक़ाबले में बिल्कुल पतझड़ थे।

वो सोचती थी कि उसे क्या हो गया है। सारी मंतिक़ जो उसने बचपन से सीखी थी और जिसको हरीशचंद्र के ये अल्फ़ाज़ कि सींग कटा कर बछड़ों में दाख़िल हो गईं, बस उसके क़दम रोक देते थे।

वकील और उसकी दोस्त अक्सर एक साथ नज़र आ जाते थे, लेकिन शीला के घर पर वो नहीं आए। एक दिन वो लड़की अकेली आई और एक अटैची केस उसे दे कर बोली, "थोड़े दिन के लिए छुट्टी पर जा रही हूँ। आप की बहुत मेह्रबानी होगी अगर आप इसको अमानत रख लें।"

पन्द्रह रोज़ के बा'द शीला बाज़ार को गई तो सावित्री उसको एक दुकान में मिली। वो ज़र्क़-बर्क़ कपड़े पहने और गहनों से लदी बहुत ही बदनुमा मा'लूम हो रही थी। उसको देख कर बे-साख़्ता शीला के मुँह से निकला, "क्या आप की शादी हो गई?"

उसने शर्मा कर "जी हाँ" कहा। शीला ने सोचा कि वकील ने छुप कर ही शादी की होगी वर्ना उसकी माँ मुझको ज़रूर बुलाती। फिर शीला को अपने इन ख़यालों को सोच कर जो उसने वकील की तरफ़ से कर लिए थे बहुत रंज हुआ और वकील की इ'ज़्ज़त फिर उसके दिल में हो गई।

शीला ने उसे मुबारक-बाद दी। और ख़ुशी ज़ाहिर की। वो कुछ बेचैन सी हो गई। और उसी पुरानी अफ़्सुर्दा सी आवाज़ में बोली, "मेरे शौहर उज्जैन की रियासत में नौकर हैं।"

उसके कहने से शीला समझ गई कि वो नहीं चाहती कि वकील का नाम सब के सामने लिया जाए, लिहाज़ा वो चुप हो गई।

लड़की बहुत उदास नज़र आती थी। एक मिनट शीला को उससे अलग बात करने को मिल गया। और उसने पूछा, "क्या वकील ने आप से शादी नहीं की?"

वो बोली, "नहीं वो तो करना चाहता था।"

शीला को और तअ'ज्जुब हुआ, और उसने फिर पूछा, "तो क्या आप के वालिद ने?"

इतने में लोग आ गए। उसने सर हिलाया और शीला चली आई। सारे रास्ते वो उसे बुरा-भला कहती रही कैसी गाय है कि बाप के कहने से इतने अच्छे लड़के को छोड़ दिया।

शीला के बाप ने भी कोशिश की थी कि वो शादी करे। एक से एक अच्छे पैग़ाम मौजूद थे। लेकिन शीला ने बाप की एक न मानी और बीवी-बच्चों वाले

हरीशचंद्र की मोहब्बत में ये दिन गुज़ार दिए और इस बदसूरत लड़की को एक चाहने वाला मिला भी तो इसने ये बे-क़द्री की।

शाम को वो अपना अटैची केस लेने आई और बैठ गई। शीला ने फिर वही बातें शुरू' करीं, "आपने वालिद का कहना क्यों सुना जब आप दोनों को मोहब्बत थी तो फिर और क्या चाहिए था?"

"पिता जी राज़ी नहीं हुए। उसके पास रुपए कम है और वकीलों की आज कल चलती भी नहीं है।"

"लेकिन रुपए तो ख़ुशी के लिए ज़रूरी नहीं है, और ये दूसरा शख़्स बहुत अमीर है?"

"जी हाँ जायदाद वाला है और पाँच सौ का नौकर है।"

शीला ने उसकी सूरत को देखा। यक़ीन नहीं आया "आप के बाप ने भी आप को रुपए दिया होगा"

"दस हज़ार दिया है।"

दस हज़ार की हक़ीक़त ही क्या है कि एक अमीर जवान ऐसी बद-सूरत औ'रत से शादी कर ले। शीला ने फिर पूछा, "ग़ालिबन आपकी शादी पुराने ढंग पर हुई होगी। आपने उसे देखा न होगा।"

वो उसी मुर्दा आवाज़ में बोली, "नहीं दो दफ़्अ' मिल चुकी थी।"

शीला के पास अब कोई सवाल न था और हैरानी हद को पहुँच चुकी थी। वो बोली, "मैंने वकील साहब को आपके हाँ बुलाया है। अगर आप बुरा न मानें तो मैं उनसे मिल लूँ?"

शीला ने इजाज़त तो दे दी लेकिन उसे दुनिया-दारों की तरह नसीहत भी करनी शुरू' कर दी कि अब जो हो गया सो हो गया। हिंदू धरम की भी बहुत सी बातें समझाईं। दुनिया की राह भी दिखाई। वो हँसने लगी। पहली दफ़्अ' शीला ने उसे हँसते देखा वो बोली "मैंने अपनी मर्ज़ी से शादी की है।" हँसी उसकी और भी बुरी थी।

"नहीं जी आप मुझे क्या समझाएँगी। मैं वकील से बिल्कुल मोहब्बत नहीं करती।"

"मोहब्बत नहीं करती..."

वो फिर हँसी... "मोहब्बत मुझे है और बे-हद है। मैं दीवानी हूँ, लेकिन एक ऐसे मर्द पर जिससे मेरी कभी शादी नहीं हो सकती, एक मुसलमान लड़के पर।"

"मुसलमान लड़के पर।"

"हाँ बहन जी! मेरे पिता जी एक बहुत धार्मिक हिंदू हैं। मैंने ये नौकरी भी इसीलिए की थी कि उसके क़रीब रह सकूँ। हर हफ़्ता इतवार मैं उसके साथ गुज़ारती थी। बा'ज़ दफ़्अ' रोज़ यहाँ से दो घंटे का सफ़र कर के जाती थी। किसी को ख़बर न थी। मेरे रिश्तेदारों को बिल्कुल मा'लूम नहीं। अब वो आगे पढ़ने के लिए विलायत चला गया है। मैं उसके बग़ैर ज़िन्दा नहीं रह सकती। अब मैं अपने शौहर के साथ दो माह बा'द विलायत जा रही हूँ।" ये सब कुछ उसने ठहर-ठहर कर कहा। क्या शीला ख़्वाब देख रही थी?

"और वकील?"

"वकील को सब मा'लूम हो गया है। वो बहुत ही सीधा और नेक इन्सान है। मैंने उससे कहा था कि मैं उससे इस शर्त पर शादी कर लूँगी कि वो मेरे और मेरे महबूब के तअ'ल्लुक़ात के दर्मियान दख़्ल-अन्दाज़ी न करे।"

"और वो राज़ी हो गया?"

"वो राज़ी न हुआ तो मैंने दूसरी जगह शादी कर ली।"

"और वो राज़ी हो गया?"

"उसे ख़बर भी नहीं।"

शीला को यक़ीन नहीं आया कि एक हिंदू मर्द शादी करता है और उसे मा'लूम नहीं कि बीवी दूसरे के साथ रह चुकी है।

लड़की ने कहा, "दो हफ़्ते मैं उसके पास रही, वो मेरे लिए पागल हो रहा है।" हँस कर, "बेचारा बद-क़िस्मत इन्सान!"

"तो आपने उस मुसलमान से शादी क्यों न कर ली?"

"मेरे वालिद, उसके वालिद। बस क्या कहूँ इतने बुरे आदमी हैं... वो कभी राज़ी न होते। मुझे हज़ार पढ़वाया-लिखवाया है लेकिन मैं तो हिंदू और वो भी एक पोज़ीशन रखने वाले। ज़ह्र खा कर मर जाते। ये किस तरह मुमकिन था... दूसरे बदनामी से मैं ख़ुद दूर भागती हूँ। बदनाम औ'रत से मैं भी सख़्त नफ़रत करती हूँ।"

शीला की सीधी समझ में ये मुअ'म्मा न आ सका। वो एक मुसलमान से शादी कर के माँ-बाप सबको नाराज़ कर सकती थी लेकिन ये न कर सकती थी कि एक तरफ़ तो किसी हिंदू से शादी कर लेती और फिर उसी को धोका देती और बदनामी के डर से हर काम टेढ़ा करती। इतनी जुरअत उसमें न

थी और न इतनी चालाकी। शीला के दूसरे सवाल का जवाब सावित्री ने इस तरह दिया।

"नहीं मेरे शौहर को ख़बर न होगी, उन्हें बताएगा कौन?"

"वकील।"

"मैंने पहले ही आपसे कहा कि वो निहायत ही शरीफ़ और सीधा है। वो मेरा अस्ल जाँ-निसार है। हर्गिज़ ऐसा नहीं करेगा।"

"आपका मुसलमान आ'शिक़ ही बता दे तो?"

"नहीं वो कैसे बताएगा?"

"लेकिन वो आप के इस तरह शादी करने पर क्या कहेगा।"

"बहुत सख़्त नाराज़ होगा, लेकिन मैं समझा लूँगी और कोई रास्ता नहीं। अच्छा, मुआ'फ़ कीजिए। आपका बहुत वक़्त लिया।"

"वकील साहब आए भी नहीं। अगर आएँ तो कह दीजिएगा कल इसी वक़्त यहीं पर मिलूँगी।"

थोड़ी देर ठहर कर... "नहीं जी! हर इन्सान अपनी बात आप समझता है। मुझे आप इतना बुरा ख़याल न कीजिए मोहब्बत दीवानी होती है। अगर आप ही किसी पर ऐसी ही पागल होतीं तो ज़रूर उससे मिलने की कोई तरकीब निकाल लेतीं। और

सूखी मोहब्बत मेरी समझ में नहीं आती।"

"ख़ुदा-हाफ़िज़" कह कर अपना अटैची केस उठाया और रुख़्सत हुई। उसने ये कहना भी ज़रूरी न समझा कि किसी से न कहिएगा। क्या वो इन्सानी फ़ित्रत समझने में ऐसी तेज़ थी कि उसने महसूस कर लिया कि उसका राज़ बिल्कुल महफ़ूज़ है। हाँ शीला को इतना याद रहा कि जब वो बातें करती थी तो उसकी आँखें जोश से इस तरह चमकती थीं कि उसकी बद-सूरती ग़ाइब हो जाती थी। और आँख उसके चेहरे पर से न हटती थी। शीला उसी हालत में बैठी रही। एक औ'रत जिसको वो गाय, बद-सूरत और अहमक़ के लक़ब से याद करती रही थी इस बाईस साल की उ'म्र में शीला से ज़ियादा तज्रबाकार थी।

"कोई दूसरे की बात को नहीं समझता।" ठीक कहती है... मेरी मुसीबत कौन समझता है। शादी करने की हिम्मत इसलिए नहीं कि दुनिया हँसेगी और इ'श्क़ में आगे बढ़ने की हिम्मत यूँ नहीं कि, "सींग कटा कर बछड़ों में दाख़िल हो गईं।"

# (5) जवानी

## इस्मत चुग़ताई

जब लोहे के चने चब चुके तो ख़ुदा ख़ुदा कर के जवानी बुख़ार की तरह चढ़नी शुरू हुई। रग-रग से बहती आग का दरिया उमँड पड़ा। अल्हड़ चाल, नशे में ग़र्क़, शबाब में मस्त। मगर उसके साथ साथ कुल पाजामे इतने छोटे हो गए कि बालिश्त बालिश्त भर नेफ़ा डालने पर भी अटंगे ही रहे। ख़ैर उसका तो एक बेहतरीन ईलाज है कि कंधे ज़रा आगे ढलका कर ज़रा सा घुटनों में झोल दे दिया जाये। हाँ हाँ ज़रा चाल कंगारू से मिलने लगेगी।

बाल हैं कि क़ाबू ही में नहीं। लटें फिसली पड़ती हैं। बाल बहे जाते और मांग? मांग तो ग़ायब! अगर माँ आठवीं रोज़ कड़वा तेल छोड़कर मेंढीयां न बांधीं तो ज़िंदगी अजीरन हो जाये। गो मुँह लिए कँगूरों के तबाक़ की तरह मुँडा मुँडा लगने लगता है। पर बालों से तो जान छूट जाती है। जैसे किसी ने सर घोट के बालों के वबाल ही से नजात दिला दी। न जाने ये मेमें फूले फूले बाल गर्दन पर छोड़ के कैसे जीती हैं।

और पांव? पांव तो जैसे फावड़ा। क्या जल्दी जल्दी बढ़ रहा है! अगर ऐसी रफ़्तार से बढ़ा तो सिल बराबर हो जाएगा। अँगूठा जैसे कछुवे का सर!

और भी थीं बहुत सी बातें जो अकेले में बैठ कर जनो को सतातीं। आईने में नाक देख के तो बस क़ै आने लगती। ये डबल निगोड़ा जैसे खूँटा। शज्जो की शादी हुई तो ये बड़ी सी नथुनी पहने थी उसने, क्या प्यारी सी नाक है, गुड़िया जैसी और जनो के खूंटे पर तो नथुनी भी शर्मा जाएगी। जब उसकी शादी होगी तो?

बिजली गिरे ऐसी नाक पर। उसने सोचा।

इस पर शबराती भय्या आए थे। कैसे ग़ौर से उसका मुँह तक रहे थे। भला इन्होंने काहे को ऐसी नाक कहीं देखी होगी। जुनूने जल्दी से कुछ पोंछने के बहाने नाक ओढ़नी से छुपा ली।

शबराती भय्या झेंप गए। समझे होंगे बिगड़ जाएगी ये। ए काश वो सुलोचना होती, या माधूरी, का कज्जन ही सही! अल्लाह मियां का उसमें क्या जाता। कुछ टोटा तो आ न जाता उनके खज़ाने में। अगर ज़रा वो गोरी ही होती। और काम-चोर कारीगर ज़रा ध्यान से उसे ढंग का बनाते तो क्या हाथ सड़

जाते उनके? वो आँखें बंद कर के बहुत से फ़रिश्तों को खटाखट इन्सानी पैकर गढ़ते देखती। काश वो गढ़ी जा रही थी तो फ़रिश्ता की बग़ल में फोड़ा न निकला होता।

बापू के जब फोड़ा निकला था तो डेढ़ महीना की खाट गोड़ी थी और खुरपिया तक न हिलाई थी। उसका ख़्याल माँ की तरफ़ भटक गया। खपरैल में न जाने दिन में कै घंटे ऐंडती। पिछले चंद महीने से उसका पेट निहायत ख़ौफ़नाक चाल से बढ़ रहा था। वो ख़ूब जानती थी कि ये फूलना ख़ाली अज़ इल्लत नहीं। जब कभी माँ पर ये वबाल छा जाता है एक-आध बहन या भाई रात-भर रें रें करने और उसके कूल्हे पर रोने को आन मौजूद होता है... मक्खियां, बस दोपहर को सताती हैं, इस कान से उड़ाओ दूसरे पर आन मरें, वहां से उड़ीं तो नाक में तन्तनाएं, वहां से नोचा तो आँख के कौए में घुस जाती हैं। दो-घड़ी भी न हुई होगी कि दुपट्टा के छेद में से यलग़ार बोल दिया और ऊपर से माँ डकराई।

मौत पड़े तेरे सोने पर, उठ, शबराती को रोटी दे।

गर्दन पर से मैल की बत्तियां छुटाती छींके की तरफ़ चली। बाहर पत्थर पर शबराती भय्या लाल

चार ख़ाने का अँगोछा फीच रहे थे। छपाछप से मैली मैली बूँदें उछल कर उनकी अध मिची आँखों और उलझे हुए बालों पर पड़ रही थीं। वो रोटी रुख के पास ही घुटने पर ठोढ़ी रख के ग़ौर से उन्हें देखती रही। उनके सीने पर कितने बाल थे। घने पसीने में डूबे हुए। जी न घबराता होगा। वो सोचने लगी, कैसी खुजली पड़ती होगी।

उनके कसे हुए डनड़ों और रानों की मछलियाँ हर छपाके के साथ उछलती थीं। शबराती भय्या अँगोछा टट्टी पर फैला कर रोटी के बड़े बड़े नेवाले साग की कमी का गिला करते हुए निगलने लगे। पाडी। उन्होंने सूखी रोटी के मुहीत नेवाले को गले में जकड़ते हुए कहा। और जन्नू ने घबरा कर उन्हें कटोरी पकड़ा दी, जल्दी से खा लो। कटोरी मांझ के यहीं धर देना। हमें कुट्टी करने को पड़ी है। वो ग़रूर से अहकाम सादर करती उठी। हम कर देंगे कुट्टी। शबराती रोटी के किनारे खाते हुए बोला। तुम खेत जाओगे। वो चलने लगी। खेत भी जाएंगे। वो ग़रूर से एक अमीक़ डकार लेकर बोला। ओह नक रहने दो। वो चली। कहते हैं तुझसे कुट्टी नहीं होगी। वैसे ही कोई चोट चपेट आ जाएगी। शबराती ने प्यार से

डाँटा।

शबराती को क्या, उनके आने से पहले वो कुट्टी किया करती थी कि नहीं। ऐसी भी क्या चोट चपेट, छप्पड़ में जा कर उसने रूपा और चंदन को प्यार से दो-चार घूँसे लगाने और उन्हें कोने में चुप-चाप खड़ा रहने की ताकीद कर के ख़ुद कुट्टी के गठे को बचोर कर गड्डियां बनाने लगी। झेप। हटो हम कुट्टी कर दें। शबराती ने फिर डकार लेकर चने के साग का मज़ा लेना शुरू किया।

वो इतरा कर गंडासा सँभाल कर बैठ गई। गोया उसने सुना ही नहीं। तुझसे एक दफ़ा कहो तो सुनती ही नहीं। ला उधर गंडासा। वो गंडासा छीनने लगे। नहीं। वो बनने लगी और कुट्टी शुरू कर दी। तो लियो अब। वो अपनी फुकनी जैसी मोटी-मोटी उंगलियां गंडासे के नीचे बिछा कर बोले, लेव। अब करो कुट्टी। मार देव।

हटाओ, कि हम सच्ची मार दें। वो गंडासा तौल के बोली। जैसे सच-मुच मार ही तो देती। मार, तेरे कलेजा में बूता हो तो मार देख। और जो वो मार ही देती कचर कचर सारी उंगलियां पिस जातीं ये क्या बात थी, कोई ज़बरदस्ती थी उनकी? अब मारती

क्यों नहीं। शबराती भय्या ने आँखें झपकाईं और उनका मूंछों वाला मोटा सा होंट दूर तक फैल गया। गंडासा छीन लिया गया। और जन्नो खिसिया गई। न जाने उसके सख़्त और खुदरे हाथों को इस वक़्त क्या हो गया... किस क़दर छोटे और नर्म मालूम देने लगे। उसे मालूम हो गया कि सीना पर पसीना में डूबे हुए घने बालों से जी क्यों नहीं घबराता और फुकनी जैसी उंगलियां कैसी फुर्तीली होती हैं... जन्नो का बस चलता तो वो उनके भूके कुत्तों को अपनी बोटीयां भी खिला देती।

मगर कितना खाते थे, उसके ज़रा ज़रा से बहन भाई! वो मोटी से मोटी रोटी ख़्वाह कितनी ही जली और अधकचरी क्यों न हो, चुटकियों में हज़म कर जाते... क्या ऐसा भी कोई दिन होगा जब उसे रोटी न थोपनी पड़े... रात भर माँ आटा पीसती और इस भद्दी औरत से हो ही क्या सकता है। साल में 365 दिन में किसी न किसी बच्चे को पेट में लिए कूल्हे पर लादे या दूध पिलाते गुज़ारती...

माँ क्या थी एक ख़ज़ाना थी जो कम ही न हुआ था। कितने ही कीड़े उसने नालियों में कुश्ती लड़ने और ग़लाज़त फैलाने के लिए तैयार कर लिए थे। पर

वैसी ही ढेर का ढेर रखी थी। आख़िर वो दिन भी आ गया जब कि रात के ठीक 12 बजे माँ ने भैंस की तरह डकराना शुरू किया।

मुहल्ला की कुल मुअज़्ज़िज़ बीवीयां ठीकरे और हांडियों में बदबूदार चीज़ें लेकर इधर से उधर दौड़ने लगीं। मोटी दोहर को बछड़े की रस्सी की मदद से खपरैल के कोने में तान कर माँ लिटा दी गई। बच्चों ने मिनमिनाना शुरू किया और आने वाले से बड़ा बच्चा पछाड़ें खा कर गिरने लगा। बापू ने सबको निहायत अजीब अजीब रिश्ता क़ायम करने की धमकी देकर कोने में ठूँस दिया और ख़ुद माँ को निहायत पेचदार गालियां देने लगा जिनका मफ़हूम जन्नो किसी तरह न समझ सकी। शबराती भय्या दो एक गालियां जुओं वग़ैरा को देकर भैंसों वाले छप्पर में जा पड़े। पर जन्नो माँ की चिंघाड़ें सुनती रही। उसका कलेजा हिला जाता था। मालूम होता था कोई माँ को काटे डाल रहा है। औरतें न जाने उस पर्दे के पीछे उसके संग क्या बेजा हरकत कर रही थीं। जन्नो को ऐसा मालूम हो रहा था कि जैसे माँ का सारा दुख वही उठा रही है। गोया वही चीख़ रही है और एक नामालूम दुख की थकन से वाक़ई वो रोने

लगी।

सुबह को वो एक सुर्ख़ गोश्त के लोथड़े को गूदड़ में रखा देखकर क़तई फ़ैसला न कर सकी कि इस मुसीबत और दुख का माक़ूल सिला है या नहीं जो माँ ने गुज़श्ता शब झेला था। पता नहीं माँ ने दूसरी ग़लाज़त के साथ साथ उसे चीलों के खाने के लिए कूड़े के ढेर पर रखने के बजाय उसे कलेजे से क्यों लगा रखा था। जाड़ों में भैंसों के गोबर की सड़ान्द बची-कुची सानी की बू के दरमियान फटे हुए गूदड़ में इस सिरे से उस सिरे तक जीव ही जीव लेट जाते फटी हुई रोई के गुद्दल और पुरानी बोरीयां जिस्म के क़रीब घसीट कर एक दूसरे में घुसना शुरू कर देते ताकि कुछ तो सर्दी दबे। इस बे-सर-ओ-सामानी में भी क्या मजाल जो बच्चे निचले बैठें। रसूलन हुंगवा की टांग घसीटती और नत्थू मोती के कूल्हे में काट खाता और कुछ नहीं तो शबराती ही घसीट कर इतनी गुदगुदी करता कि सांस फूल जाती। वो तो जब माँ गालियां देती तब ज़रा सोते। रात को वो अफ़रातफ़री पड़ती कि किसी का सर तो किसी का पैर। किसी को अपने जिस्म का होश न रहता। पैर कहीं तो सर कहीं।

बा'ज़ वक़्त अपना जिस्म पहचानना दुशवार हो जाता। रात को किसी की लात या घूँसे से चोट खा कर या वैसे ही इतने जिस्मों की बदबू से उकता कर अगर कोई बच्चा चूँ भी करता तो माँ डायन की तरह आँखें निकाल कर चीख़ती और फ़र्यादी बिसूर कर रह जाता और जन्नो तो सबसे बड़ी थी। मगर जन्नो को ख़ूब मालूम हो गया कि सीने पर कितने ही बाल हों, और बग़ल में से कैसी ही सड़ान्द आए, जी बिल्कुल नहीं घबराता। मोरी का कपड़ा कीचड़ में क्या मज़े से लोटता है और उसमें बात ही ऐसी क्या थी। जब दोपहर को माँ बच्चे को जन्नो को देकर दाई से पेट मलवाने कोठड़ी में चली जाती या अपनी सहेलियों से कोई निहायत ही पोशीदा बात करती होती तो वो भय्या को गोद में लिटा कर जाने क्या सोचा करती। वो उसका छोटा सामना चूमती। मगर उसका जी मितलाने लगता। पिलपिला सडे हुए दूध की बू। वो सोचने लगती कि कब वो छः फुट ऊंचा चौड़े बाज़ुओं वाला जवान बन चुकेगा... और फिर वो उसकी छोटी छोटी मूंछों और फुकनी जैसी मोटी उंगलियों का तसव्वुर करती। उसे यक़ीन न आता था कि कभी यही ख़मीरी ग़लग़ला लकड़ी का खंबा बन

जाएगा। कुएँ पर नहाते हुए नीम ब्रहना गुंडों को देखकर वो अपने अध्मरे भाईयों पर तरस खाने लगती। काश यही बढ़ जाएं। इतना खाते हैं फिर कचरिया सा पेट फूल जाता है और वो भी सुबह को ख़ाली।

मुहर्रम पर शबराती भय्या अपने घर चले गए। रात को बच्चे पहली ही धुतकार में सो जाते। पर जन्नो पड़ी पड़ी जागा करती। वो सरक सरक के किसी बच्चे से बे-इख़्तियार हो कर लिपट जाती। शबराती भय्या कब तक आएँगे अम्मां? उसने एक दिन पूछा माँ से। बैसाख में उसका ब्याह है। अब वो ससुराल ही रहेगा। माँ गेहूँ फटकती हुई बोली। अरे! उसे मालूम हो गया कि सीने पर पसीने में डूबे हुए घने बालों से जी क्यों नहीं घबराता और फुकनी जैसी उंगलियां कैसी फुर्तीली होती हैं। जन्नो का बस चलता तो वो उनके भूके कुत्तों को अपनी बोटीयां भी खिला देती। मगर कितना खाते थे, उसके ज़रा ज़रा से बहन भाई! वो मोटी से मोटी रोटी ख़्वाह कितनी ही जली और अधकचरी क्यों न हो, चुटकियों में हज़म कर जाते... क्या ऐसा भी कोई दिन होगा जब उसे रोटी न थोपनी पड़े...

रात-भर माँ आटा पीसती और इस भद्दी औरत से हो ही क्या सकता है। साल में 365 दिन में किसी ना किसी बच्चे को पेट में लिए कूल्हे पर लादे या दूध पिलाते गुज़ारती... माँ क्या थी एक ख़ज़ाना थी जो कम ही न हुआ था। कितने ही कीड़े उसने नालियों में कुश्ती लड़ने और ग़लाज़त फैलाने के लिए तैयार कर लिए थे। पर वैसी ही ढेर का ढेर रखी थी। आख़िर वो दिन भी आ गया जब कि रात के ठीक 12 बजे माँ ने भैंस की तरह डकराना शुरू किया। मुहल्ला की कल मुअज़्ज़िज़ बीवीयां ठेकरे और हांडियों में बदबूदार चीज़ें लेकर इधर से उधर दौड़ने लगीं। मोटी दोहर को बिछड़े की रस्सी की मदद से खपरैल के कोने में तान कर माँ लिटा दी गई।

बच्चों ने मिनमिनाना शुरू किया और आने वाले से बड़ा बच्चा पछाड़ें खा कर गिरने लगा। बापू ने सबको निहायत अजीब अजीब रिश्ता क़ायम करने की धमकी देकर कोने में ठूँस दिया और ख़ुद माँ को निहायत पेचदार गालियां देने लगा जिनका मफ़हूम जन्नो किसी तरह न समझ सकी। शबराती भय्या दो एक गालियां जोओं वग़ैरा को देकर भैंसों वाले छप्पर

में जा पड़े। पर जन्नो माँ की चिंघाड़ें सुनती रही। उसका कलेजा हिला जाता था। मालूम होता था कोई माँ को काटे डाल रहा है। औरतें न जाने उस पर्दे के पीछे उसके संग क्या बेजा हरकत कर रही थीं। जन्नो को ऐसा मालूम हो रहा था कि जैसे माँ का सारा दुख वही उठा रही है। गोया वही चीख़ रही है और एक नामालूम दुख की थकन से वाक़ई वो रोने लगी।

सुबह को वो एक सुर्ख़ गोश्त के लोथड़े को गूदड़ में रखा देखकर क़तई फ़ैसला न कर सकी कि इस मुसीबत और दुख का माक़ूल सिला है या नहीं जो माँ ने गुज़श्ता शब झेला था। पता नहीं माँ ने दूसरी ग़लाज़त के साथ साथ उसे चीलों के खाने के लिए कूड़े के ढेर पर रखने के बजाय उसे कलेजे से क्यों लगा रखा था।जाड़ों में भैंसों के गोबर की सडान्द बची-कुची सानी की बू के दरमियान फटे हुए गूदड़ में इस सिरे से इस सिरे तक ज्यो ही जीव लेट जाते फटी हुई रुई के गुद्दल और पुरानी बोरियां जिस्म के क़रीब घसीट कर एक दूसरे में घुसना शुरू कर देते। ताकि कुछ तो सर्दी दबे। इस बे-सर-ओ-सामानी में भी क्या मजाल जो बच्चे निचले बैठें। रसूलन हुंगवा

की टांग घसीटती और नत्थू मोती के कूल्हे में काट खाता और कुछ नहीं तो शबराती ही घसीट कर इतनी गुदगुदी करता कि सांस फूल जाती। वो तो जब माँ गालियां देती तब ज़रा सोते। रात को वो अफ़रातफ़री पड़ती कि किसी का सर तो किसी का पैर। किसी को अपने जिस्म का होश न रहता। पैर कहीं तो सर कहीं। बा'ज़ वक़्त अपना जिस्म पहचानना दुशवार हो जाता। रात को किसी की लात या घूँसे से चोट खा कर या वैसे ही इतने जिस्मों की बदबू से उकता कर अगर कोई बच्चा चूँ भी करता तो माँ डायन की तरह आँखें निकाल कर चीख़ती और फ़र्यादी बिसूर कर रह जाता और जन्नो तो सबसे बड़ी थी। मगर जन्नो को ख़ूब मालूम हो गया कि सीने पर कितने ही बाल हों, और बग़ल में से कैसी ही सड़ान्द आए, जी बिल्कुल नहीं घबराता। मोरी का कपड़ा कीचड़ में क्या मज़े से लोटता है और इसमें बात ही ऐसी क्या थी। जब दोपहर को माँ बच्चे को जन्नो को देकर दाई से पेट मलवाने कोठड़ी में चली जाती या अपनी सहेलियों से कोई निहायत ही पोशीदा बात करती होती तो वो भय्या को गोद में लिटा कर जाने क्या सोचा करती।

वो उसका छोटा सामना चूमती। मगर उसका जी मतलाने लगता। पिलपिला सडे हुए दूध की बू। वो सोचने लगती कि कब वो छः फुट ऊंचा चौड़े बाज़ुओं वाला जवान बन चुकेगा... और फिर वो उसकी छोटी छोटी मूंछों और फ़ुकनी जैसी मोटी उंगलियों का तसव्वुर करती। उसे यक़ीन न आता था कि कभी यही ख़मीरी ग़लग़ला लकड़ी का खंबा बन जाएगा। कुवें पर नहाते हुए नीम ब्रहना गुंडों को देखकर वो अपने अध् मरे भाईयों पर तरस खाने लगती। काश यही बढ़ जाएं। इतना खाते हैं फिर कचरिया सा पेट फूल जाता है और वो भी सुबह को ख़ाली।

मुहर्रम पर शबराती भय्या अपने घर चले गए। रात को बच्चे पहली ही धुतकार में सो जाते। पर जन्नो पड़ी पड़ी जागा करती। वो सरक सरक के किसी बच्चे से बे-इख़्तियार हो कर लिपट जाती। शबराती भय्या कब तक आएँगे अम्मां? उसने एक दिन पूछा माँ से। बैसाख में उसका ब्याह है। अब वो ससुराल ही रहेगा। माँ गेहूँ फटकती हुई बोली। अरे! उसे किस क़दर हैरत हुई। घसीटे चाचा के ब्याह में बस क्या बताया जाये क्या मज़ा आया था। रात रात-भर बस गाना और ढोल। सुर्ख़ टोल की दुपटया

वो किस शान से आठ दिन तक ओढ़े फिरी थी।

जभी तो शबराती भय्या ने उसके क्या ज़ोर से चुटकी भर ली थी। वो घंटों रोई थी। वो फिर सोचने लगी कि ब्याह में वो कौन सा कुरता पहनेगी। लाल ओढ़नी तो वैसी धरी थी, फिर ब्याह तो अभी दुर था। पर न जाने उसे क्या हो गया था। वैसे तो कुछ नहीं, बस जी था कि लोटा जाता था। अगर पिछवाड़े इमली का पेड़ न होता तो वो फिर भूकी ही मर जाती। कैसा जी भारी भारी रहता... माँ उसके झोंटे पकड़ पकड़ कर हिलाती। पर हर वक़्त नींद थी कि सवार रहती... पानी भरते में उसे कई दफ़ा चक्कर आ गया और एक दफ़ा तो वो गिर ही पड़ी दहलीज़ पर। नाजो की कमर लचक जाती है। माँ ने दोहत्तड़ मार कर कहा, और अपना सा पीला चेहरा देखकर तो वो ख़ुद डर जाती। वो यक़ीनन मरने वाली हो रही थी। कुबड़ी बुढ़िया मरी थी तो कई दिन पहले धड़ाम से मोरी में गिरी। और बस घिसटा ही करती थी। अरी ये तुझे हो क्या गया है रांड? माँ ने उसे पज़मुर्दा देखकर पूछ ही लिया। और वो उसे बेतरह टटोलने लगी। जन्नो के बहुत गुदगुदी हुई। हरामज़ादी! ये किसका है? उसने उसकी चोटी उमेठ

कर कहा। क्या?जन्नो ने डर के पूछा, अरे... यही... तेरे करतूत... बच्चा बनती जाती है... मुर्दार हरामख़ोर। उसने जन्नो को इतना मारा कि ढाई सेर घी फेंकने पर भी न मारा होगा और ख़ुद अपना सर कूट डाला। अरी मुर्दे खोर बता तो आख़िर कुछ। वो थक कर जन्नो को फिर पीटने लगी। और फिर उसने न जाने क्या-क्या पूछ डाला। वहां था ही क्या।

रात को उसने अपने बाप की गालियां और मार डालने की धमकी सुनकर ज़ोर से घुटने पेट में अड़ा लिए और खाट पर औंधी हो गई... पर उसे बड़ी हैरत हुई कि वो साथ साथ शबराती भय्या को क्यों गंडासे से काट डालने की धमकी दे रहे थे। बैसाख में तो उनका ब्याह होने वाला था जिसमें वो सुर्ख़ दुपट्टा ओढ़ कर... उसका गला आया।

www.ingramcontent.com/pod-product-compliance
Lightning Source LLC
LaVergne TN
LVHW020451070526
838199LV00063B/4912
* 9 7 8 9 3 5 8 7 2 4 0 1 1 *